I0736338

DULU WANG（王度廬）

Author of "Crouching Tiger, Hidden Dragon"

《臥虎藏龍》作者

女刺客

(Rescue and Revenge)

THE COLLECTED WORKS OF DULU WANG

王度廬選集 武俠小說

Edited and Modified by Hong Wang

修訂者：王宏

Jianghu Publishing 江湖出版社

Copyright © 2022 by Hong Wang

女刺客 (Rescue and Revenge)

THE COLLECTED WORKS OF DULU WANG (王度廬選集)

ISBN:

978-1-990113-73-4 (Paperback, Traditional Chinese)

978-1-990113-74-1 (eBook-epub, Traditional Chinese)

978-1-990113-75-8 (eBook-Kindle, Traditional Chinese)

江 湖 出 版 社

JIANGHU PUBLISHING

目錄 (Table of Contents)

出版說明（Preface）

Dulu Wang (1909-1977), was a famous Chinese Chivalry (Martial Art) novelist in the nineteen thirties and forties who wrote many novels including Crane-Iron Pentalogy (Dancing Crane, Singing Phoenix 舞鹤鸣鸾记 aka 鶴驚昆侖, 1940; Precious Sword, Golden Hairpin 寶劍金釵, 1938; Sword Spirit, Pearl Light 劍氣珠光, 1939; Crouching Tiger, Hidden Dragon 臥虎藏龍, 1941; and Iron Knight, Silver Vase 鐵騎銀瓶, 1942) which was adapted into a film under the title "Crouching Tiger, Hidden Dragon" by Ang Lee and his colleagues in 2000. Its spectacular action, rhapsodic landscapes and tragic romance have touched audiences in Asia, North America and around the world and won over 40 awards and was nominated for 10 Academy Awards, including Best Picture, and won Best Foreign Language Film, Best Art Direction, Best Original Score and Best Cinematography. In 2019, the film was ranked the 51st in 100 best films of the 21st century list by Guardian.

Dulu Wang is considered one of the five greatest wuxia (which literally means "martial hero") fiction writers of the Northern School in the Republican. He was less interested in writing about ruthless killings; instead, he focused on his characters' development, their emotions, friendship, and passions. Wang had great sympathy for women who suffered cruel oppression by the society and imperial autocracy, and his novels featured many strong female characters, warriors, and heroines. Most of his stories featured tragic endings. His perfect combination of chivalry, romance and tragedy in his novels have thrilled many critics and readers and this style has influenced many authors.

During 1925-1949 Wang published more than 90 novels and thousands of articles and poems. Many of Wang's books will be published in the Collected Works of Dulu Wang.

Rescue and Revenge (女刺客) was published through a newspaper (平報, Ping Bao) from June 19 to October 5, 1928. The story occurred in the late Qing Dynasty. Tang, a retired local governor who hated the incompetent and corrupt empire, was imprisoned and tortured to death because of his words. Xu, a wuxia hero decided to protect Tang's orphan, a

15 year's old daughter, Qing and to kill the two cruel officials, Prince Mu and Lu, the Vice Minister of Penal Department, who murdered Tang and numerous innocent people. Xu killed Mu, but unfortunately was injured during a fight and dead. Qing had no choice but to take matters into her own hands. She went to Lu's mansion, killed Lu, avenged his father and Xu she loved. Then she killed herself.

王度廬是中國著名的武俠言情小說作家，在上個世紀三四十年代曾發表过大量小說、雜文、詩詞等作品。《鶴驚昆侖》、《寶劍金釵》、《劍氣珠光》、《臥虎藏龍》、《鐵騎銀瓶》是王度廬創作的五部內容相互關聯，又各自獨立的武俠悲情小說，通常被合稱為"鶴-鐵五部"。2000 年李安導演根據該系列改編的電影《臥虎藏龍》，曾獲得 40 多個國際電影大獎，並榮獲了第 73 屆奧斯卡最佳外語片等四項大獎。

本社出版的《王度廬選集》，收入了王度廬先生的包括"鶴-鐵五部"在內的不同時期不同類型的部分作品，王宏並對其做了一些必要整理和訂正。

《女刺客》是 1928 年 6 月 19 日至 10 月 5 日在北京平報上發表的。所述故事發生在晚清，一個痛恨無能和腐敗的朝廷和惡吏，已經隱退的知府唐竹禪，因為酒後所作的一首詩而被監禁並折磨致死。俠客徐凌鵬得知後便決定暗中保護唐的孤女，15 歲的女兒蝶卿，並除掉殺害了唐和無數無辜的平民的兩個官員：皇叔穆親王和刑部侍郎盧靜舟。徐殺了穆，但不幸在一場戰鬥中受傷而死。蝶卿失去了保護自己，為自己報殺父之仇，並且自己又深愛的人，身心俱焚，別無選擇，只能喬裝來到盧家，刺殺了盧，然後自殺。

Jianghu Publishing 江湖出版社

jianghu.publishing@gmail.com

序（Foreword）

徐斯年

　　王度廬是位曾被遺忘的作家。許多人重新想起他或剛知道他的名字，都可歸因於影片《臥虎藏龍》榮獲奧斯卡獎。但是，觀賞影片替代不了閱讀原著，不讀小說《臥虎藏龍》（而且必須先看《寶劍金釵》），你就不會知道王度廬與李安的差別。而你若想了解王度廬的"全人"，那又必須盡可能多地閱讀他的其他著作。這部選集收錄了他的一些代表作，這篇序文裏還會提及他的另一些作品，都有助於讀者認知全人。

　　王度廬，原名葆祥，字霄羽，1909 年生於北京一個下層旗人家庭。幼年喪父，舊制高小畢業即步入社會，一邊謀生、一邊自學。十六歲開始，先後在《平報》和《小小日報》發表雜文和連載小說（包括武俠、偵探、社會言情等類別），並曾在《小小日報》開闢個人雜文專欄"談天"，就任該報編輯。1933 年往西安，與李丹荃結婚，曾任陝西省教育廳編審室辦事員和西安《民意報》編輯。1936 年返回北平，繼續賣稿為生。次年赴青島，淪陷後始用筆名"度廬"，在《青島新民報》及南京《京報》發表武俠言情小說，同時發表的社會小說則署名"霄羽"。1949 年赴大連，任大連師範專科學校教員。1953 年調瀋陽，任東北實驗學校（即遼寧省實驗中學）語文教員。文革後期以退休人員身份隨夫人下放昌圖縣農村。1977 年卒於鐵嶺。

早在青年時代，王度廬就接受並闡釋過"平民文學"的主張。他的文學思想雖與周作人不盡相同，但在"為人生"這一要點上，他們的觀念是基本一致的。

從撰寫《紅綾枕》（1926 年）開始，王度廬的社會小說就把筆力集中於揭示社會的不公，人生的慘淡，以及受侮辱、受損害者命運的悲苦。

戀愛和婚姻是五四新文學的一大主題。那時新小說裏追求婚戀自由的男女主人公，面對的阻力主要來自封建家庭和封建禮教，作品多反映"父與子"的衝突——包括對男權的反抗，所以，易卜生筆下的娜拉尤被覺醒女青年們視為楷模。到了王度盧的筆下，上述衝突轉化成了"金錢與愛情"的矛盾。

正如魯迅所說：娜拉衝出家庭之後，倘若不能自立，擺在面前的出路只有兩條——或者墮落，或者"回家"。王度盧則在《虞美人》中寫道："人生"、"青春"和"金錢"，"三者之間是相互聯係着的"，而在當時的中國社會裏，金錢又對一切起着主導性的作用。他所撰寫的社會言情小說，深刻淋漓地描繪了"金錢"如何成為社會流行的最高價值觀念和唯一價值標準，如何與傳統的父權、男權結合而使它們更加無恥，如何導致社會的險惡和人性的異化。

王度盧特別關注女性的命運。他筆下的女主人公多曾追求自立，但是這條道路充滿兇險。范菊英（《落絮飄香》）和田二玉（《晚香玉》）付出了生命的代價；虞婉蘭（《虞美人》）終於發瘋，生不如死。惟有白月梅（《古城新月》）初步實現了自立，但她的前途仍難預料；至於最具"娜拉性格"，而且也更加具備自立條件的祁麗雪，最終選擇的出路卻是"回家"。

這些故事，可用王度盧自己的兩句話加以概括："財色相欺，優柔自誤"（《〈寶劍金釵〉序》）。金錢腐蝕、摧毀愛情，也使人性發生扭曲。人是"社會關係的總和"，他的社會小說正是通過寫人，而使社會的弊端暴露無遺。

在社會小說裏，王度廬經常寫及具有俠義精神的人物，他們扶弱抗強，甚至不惜捨生以取義。這些人物有的寫得很好，如《風塵四傑》裏的天橋四傑和《粉墨嬋娟》裏的方夢漁；有些粗豪角色則寫得並不成功，流於概念化，如《紅綾枕》裏的熊屠戶和《虞美人》裏的禿頭小三。

上述俠義角色與愛情故事裏的男女主人公一樣，也是現代社會中的弱者。作者不止一次地提示讀者：這些俠義人物"應該"生活於古代。這種提示背後隱含着一個問題：現代愛情悲劇裏的那些曠男怨女，如果變成身負絕頂武功的俠士和俠女，生活在快意恩仇的古代江湖，他們的故事和命運將會怎樣？這個問題化為創作動機，便催生出了王度廬的俠情小說，這裏也昭示着它們與作者所撰社會小說的內在聯係。

《寶劍金釵》標誌着王度廬開始<u>自覺地</u>把撰寫社會言情小說的經驗融入俠情小說的寫作之中，也標誌着他自覺創造"現代武俠悲情小說"這一全新樣式的開端。

此書屬於厚積薄發的精品，所以一鳴驚人，奠定了作者成為中國現代武俠悲情小說開山宗師的地位。繼而推出的《劍氣珠光》《鶴驚昆侖》《臥虎藏龍》《鐵騎銀瓶》[1]（與《寶劍金釵》合稱"鶴—鐵五部"）以及《風雨雙龍劍》《彩鳳銀蛇傳》《洛陽豪客》《燕市俠伶》等，都可視為王氏現代武俠悲情小說的代表作或佳作。

作為這些愛情故事主人公的俠士、俠女，他們雖然武藝超群，卻都是"人"而不是"超人"。作者沒有賦予他們保國救民那樣的大任，只讓他們為捍衛"愛的權利"而戰；但是，"愛的責任"又令他們惶恐、糾結。他們馳騁江湖，所向無敵，必要時也敢以武犯禁，但是面對"廟堂"法制，他們又不得不有所顧忌；他們最終發現，最難戰勝的"敵人"竟是"自己"。如果說王度盧的社會小說屬於弱者的社會悲劇，那麼他的武俠悲情小說則是強者的心靈悲劇。

王度盧是位悲劇意識極為強烈的作家。他說："美與缺陷原是一個東西。""向來'大團圓'的玩藝兒總沒有'缺陷美'令人留戀，而且人生本來是一杯苦酒，哪裏來的那麼些'完美'的事情？"（《關於魯海娥之死》）《鶴驚昆侖》和《彩鳳銀蛇傳》裏的"缺陷"是女主人公的死亡和男主人公的悲涼；《寶劍金釵》《臥虎藏龍》《鐵騎銀瓶》裏的"缺陷"都不是男女主角的死亡，而是他們內心深處永難平復的創傷；《風雨雙龍劍》和《洛陽豪客》則用一抹喜劇性的亮色，來反襯這種悲愴。

王度廬把俠情小說提升到心理悲劇的境界，為中國武俠小說史作出了一大貢獻。正如佛洛伊德所說："這裏，造成痛苦的鬥爭是在主角的心靈中進行着，這是一個不同衝動之間的鬥爭，這個鬥爭的結束決不是主角的消逝，而是他的一個衝動的消逝"[2]。這個"衝動"雖因主角的"自我克制"而"消逝"了，但他（她）內心深處的波濤卻在繼續湧動，以至遺恨終身。

李慕白，是王度廬寫得最為成功的一個男人。

有人說，李慕白是位集儒、釋、道三家人格於一身的大俠；這是該評論者觀賞電影《臥虎藏龍》的個人感受。至於小說《寶劍金釵》裏的李慕白，他的頭上決無如此"高大上"的絢麗光環。古龍說得好：王度廬筆下的李慕白，無非是個"失意的男人"。

在《寶劍金釵》裏，李慕白始終糾結於"情"和"義"的矛盾衝突，他最終選擇了捨情取義，但所選的"義"中卻又滲透着難以言說的"情"。手刃巨奸如囊中取物，李慕白做得非常輕易；但是他又投案伏法，付出的代價極其沉重。他做這些都是自願的，又都是並不自願的。出發除奸之前，作者讓他在安定門城牆下的草地上作了一番內心自剖，這段自剖深刻地展示着他的"失意"，這種心態可以概括為三個字——"不甘心"。

早期王度盧曾以"柳今"為筆名發表雜文《憔悴》，其中寫及自己當時的心態，與上述李慕白的自剖如出一轍。而在《紅綾枕》中，男主角戚雪橋為愛人營墓、祭掃時的一段內心獨白，其心態又與柳今極其相似。於是，我們看到了王度盧、柳今、戚雪橋（還有一些其他作品裏的男性角色）與李慕白之間的聯係——李慕白的故事，是戚雪橋們的白日夢；戚雪橋、李慕白們的故事，則是柳今、王度盧的白日夢。

不把李慕白這個大俠寫成一位"高大上"的"完人"，而把他寫成一個"失意的男人"，這是王度盧顛覆傳統"俠義敘事"，在中國武俠小說史上作出的一大貢獻。

<u>玉嬌龍，是王度廬寫得最為成功的一個女人。</u>

玉嬌龍的性格與《古城新月》裏的祁麗雪有相似之處，但是她的叛逆精神更加決絕、更加徹底。為了自由的愛情，她捨棄了骨肉的親情；同時，她也捨棄了貴冑生活，選擇了荊棘江湖，捨棄了"城市文明"，選擇了草莽蠻荒。

對玉嬌龍來說，最難割捨的是親情；最難獲得的，是理想的婚姻。她發現自己選擇羅小虎未免有點莽撞，所以又離開了他。她獲得了自由的愛情，卻在事實上拒絕了自由的婚姻。這與其說反映着"禮教觀念殘餘"、"貴族階級局限"，不如說是對文化差異的正視。儘管如此，這位"古代娜拉"並未"回家"，而是毅然決然地踏上一條不歸路。這條路是悲涼的，同時又是壯美的。

玉嬌龍和李慕白都是"跨卷人物"。《劍氣珠光》裏的李慕白寫得不好，因為背離了《寶劍金釵》中業已形成的性格邏輯。《鐵騎銀瓶》裏的玉嬌龍則寫得很好，她青年時代的浪漫愛情，此時已經昇華為偉大的、無私的母愛。她青年時代的夢想，終於在愛子和養女的身上

得以成真，但是他們攜手歸隱時的心態，也與母親一樣
充滿遺憾。

王度廬的上述成就，都是對於傳統武俠敘事的揚棄，
這使他的武俠悲情小說擁有了現代精神。

<u>王度廬又是一位京旗作家。</u>

清朝定都北京之後，即將內城所居漢人一律遷出，
由八旗分駐內城八區。王度廬家住地安門內的"後門
裏"，其父是內務府上駟院的一個小職員。王氏一族當
屬擁有滿洲旗份的"漢姓人"，雖無滿族血統，卻浸潤
着滿族文化。

滿人崛起於白山黑水之間，民族性格剛毅尚武，自
立自強，粗獷豪放。入關定鼎之後，宴安日久，八旗制
度的內在弊端開始呈現，"八旗生計"問題日益突出，
以至最終導致嚴重的存亡危機。王度廬出生時，恰逢取
消"鐵杆莊稼"（即旗人原本享受的"俸祿"），父親
又早逝，全家陷於接近赤貧的境地。他的早期雜文經常
寫到"經濟的壓迫"，"身世的飄泊，學業的荒蕪"，
疾病的"纏身"，始終無法擺脫"整天奔窩頭"的境況。

他的許多社會小說及其主人公的經歷、心境，也都寄託着同樣的身世之感和頹喪情緒。這種刻骨銘心的痛楚，蘊含着當時旗人不可避免的噩運，漢族讀者是難以體會這種特殊苦痛的。

同時，王度廬又十分景仰滿族優秀的民族精神。他的作品，明確書寫旗人生活的有十多部；他所塑造的許多旗籍人物身上，都寄託着對民族精神的追憶和期許。

從這個角度考察玉嬌龍，首先令人想到滿族的“尊女”傳統。這一傳統的形成至少出於四點原因：一、對母係氏族社會的清晰記憶；二、以採集、漁獵為主的傳統經濟，決定了男女社會分工趨於平等；三、入關之前未經歷很多封建過程；四、旗族少女在理論上都有“選秀入宮”機會，所以家族內部皆以“小姑為大”。[3]玉嬌龍那昂揚的生命力，正是滿族少女普遍性格的文學昇華。《寶刀飛》可能是第一部把入宮前的慈禧，作為一位純真、浪漫而又不無“野心”的旗族姑娘加以描繪的小說。作者以“正筆”書寫入宮前的她，用“側筆”續寫成為“西宮娘娘”之後的她，沉重的歷史感裏蘊涵幾分惋惜，情感上極具“旗族特色”。

　　在《寶劍金釵》和《臥虎藏龍》裏，德嘯峰雖非主人公，卻可視為旗籍"貴冑之俠"的典型。他沉穩、老練，善於謀劃，善於掌控全域，比李慕白更加"拿得起、放得下"。他的身上比較完整地體現着金啟孮所說京城旗人遊俠的三個特徵：一、凌強而不欺下，一般人對他們沒有什麼惡感。二、多在八旗人居住的內城活動，沒什麼民族矛盾的辮子可抓。三、偶或觸犯權勢，但不具備"大逆不道"的證據，故多默默無聞。[4]鐵貝勒、邱廣超和《彩鳳銀蛇傳》裏的謝慰臣都屬此類人物。

　　進入民國之後，由於政治、經濟原因，京中旗人的精神狀態呈現更趨萎靡甚至墮落之勢（《晚香玉》裏的田迂子即為典型），但是王度廬從閭巷之中找到了民族精神的正面傳承。《風塵四傑》實際寫了五個"閭巷之俠"——那位"有學有品而窮光蛋"[5]的"我"，也算一個"不武之俠"。作者清楚地認識到：雖然如今早非"俠的時代"，但是天橋"四傑"[6]身上那種捍衛正義，向善疾惡，剛健、豁達、堅韌、仗義、樂觀的民族精神，卻是值得弘揚光大的。這已不僅僅是對旗族的期許，更是對重振中華民族傳統美德的期許。

　　凡是旗人，都無法回避對於清王朝的評價。王度廬在雜文裏認為，"大清國歇業，溥掌櫃回老家"[7]乃是歷史的必然，人民期盼的是真正實現"五族共和"。他更在兩部算不上傑作的小說中，以傳奇筆法描繪了兩位清朝"盛世聖君"的形象。《雍正與年羹堯》裏的胤禛既胸懷雄才大略，又善施陰謀詭計。他利用"江南八俠"的"復明"活動實現自己奪嫡、登基的計劃，又在目的達到之後斷然剪除"八俠"勢力。但是，他對漢族的"復明"意志及其能量，卻日夜心懷惕懼，以至"留下密旨，勸他的兒子登基以後，要相機行事，而使全國恢復漢家的衣冠"。書中還有一位不起眼的小角色——跟着胤禛闖蕩江湖的"小常隨"，他與八俠相交甚密，又很忠於胤禛。"兩邊都要報恩"的尖銳矛盾，導致他最終撞牆而殉。作者展示的絕不限於"義氣"，這裏更加突出表現的是對漢族的負疚感和對民族殺伐史的深沉痛楚。王度廬對歷史的反思已經出離於本民族的"興亡得失"，上升為一種"超民族"的普世人文關懷。《金剛玉寶劍》中的乾隆，則被寫成一個孤獨落寞的衰朽老人，這一形象同樣透露着作者的上述歷史觀。

　　滿族入關後吸收漢族文化，"尚武"精神轉向"重文"。有清一代，湧現出了納蘭性德、曹雪芹、文康等傑出滿族作家，其中對王度廬影響最大的是納蘭性德。"搖落後，清吹那堪聽。淅瀝暗飄金井葉，乍聞風定又鐘聲。"[8]納蘭詞的淒美色調，融入北京城的撲面柳絮和戈壁灘的漫天風沙，形成了王度廬小說特有的悲愴風格。

　　旗人的生活文化是"雅""俗"相融的，王度廬繼承着旗族的兩大愛好：鼓詞（又稱"子弟書"、"落子"）和京劇。他十七歲時寫的小說《紅綾枕》，敘述的就是鼓姬命運，其中還插有自創的幾首淒美鼓詞。至於京劇，據不完全統計，僅在《落絮飄香》《古城新月》《晚香玉》《虞美人》《粉墨嬋娟》《風塵四傑》《寒梅曲》七部小說中，寫及的劇目已達96折[9]之多！作為小說敘事的有機內涵，王度廬寫及昆曲、秦腔、梆子與京劇的關係，"京朝派"（即京派）與"外江派"（即海派）的異同，"京、海之爭"和"京、海互補"，票社活動及其排場，非科班出身的伶人、票友如何學戲，戲班師傅和劇評家如何為新演員策劃"打炮戲"，各色人等觀劇時的移情心理和審美思維……。他筆下的伶人、票友對京劇的熱愛是超功利的，而她（他）們的社會角色和物質生活則是極功利的——唯美的精神追求與慘淡的現實生活構成鮮明反差，映射著人性的本真、複雜和異化。他又善於利用劇情渲染故事情節和人物情感，例如《粉墨嬋娟》中，憑藉《薛禮歎月》和《太真外傳》兩段唱詞，抒發女主人公不同情境下的不同心緒，展示著戲如人生、人生如戲的微妙契合，極大地增強了小說的詩意。

入關以後，旗人皆認“京師”為故鄉，京旗文學自以“京味兒”為特色。王度廬的小說描繪北京地理風貌極其準確，所述地名——包括城門、街衢、胡同、集市、苑圃、交通路線等等，幾乎均可在相應時期的地圖上得到應證。《寶劍金釵》《臥虎藏龍》主人公的活動空間廣闊，書中展示清代中期北京的地理風貌相當宏觀，又非常精細。玉嬌龍之父為九門提督，府邸位置有據可查，作者由此設計出鐵貝勒、德嘯峰、邱廣超府第位置，決定了以內城正黃旗、鑲黃旗（兼及正紅旗、正白旗）駐區為“貴冑之俠”的主要活動區域。李慕白等為江湖人，則決定了以“外城”即南城為其主要活動區域。兩類俠者的行動則把上述區域連接起來，並且擴及全城和郊縣。《落絮飄香》《古城新月》《晚香玉》《虞美人》等社會小說中，主人公的活動空間相對狹小，所以每部作品側重展示的是民國時期北平城的某一局部區域：或以海澱-東單-宣內為主，或以西城豐盛地區-東單王府井地區為主，等等。拼合起來，也是一幅接近完整的"北平地圖"。上述小說之間所寫地域又常出現重合，而以鼓樓大街、地安門一帶的重合率為最高。作者故居所在地"後門裏"恰在這一區域，在不同的作品裏，它被分別設置為丐頭、暗娼等的住地。這反映着作者內心深處存在一個"後門裏情結"，他把此地寫成天子腳下、富貴鄉邊的一個小小"貧困點"，既體現着平民主義的觀念，又是一種帶有幽默意味的自嘲。

王度廬小說裏的"北京文化地圖"，是"地景"與"時景"的融合，所以是立體的、動態的。這裏的"時景"，指一定地域中人們的生活形態，包括節俗、風習。無論是妙峰山的香市、白雲觀的廟會、旗族的婚禮儀仗、富貴人家的大出喪、"殘燈末廟"時的祭祖和年夜飯、北海中元節的"燒法船"，以至京旗人家的衣食住行，王度廬都描寫得有聲有色，細緻生動。這些"時景"與故事情節融為一體，成為展示人物性格、心理的重要手段；它們同時也頗具獨立的民俗學價值。王度廬在小說裏常將富貴繁華區的燈紅酒綠與平民集市裏的雜亂喧鬧加以對比，他對後者的描繪和評論尤具特色。例如，《風塵四傑》裏是這樣介紹天橋的：“天橋，的確景物很多，讓你百看不厭。人亂而事雜，技藝叢集，藏龍臥虎，新舊並列。是時代的渣滓與生計的艱辛交織成了這個地方，在無情的大風裏，穢土的彌漫中，令你啼笑皆非。”他筆下的天橋圖景，噴發着故都世俗社會沸沸揚揚的活力和生機，嘈雜喧囂而又暗藏同一的內在律動；它與內城裏的“皇氣”、“官氣”保持着疏離，卻又沾染着前者的幾分閒散和慵懶。這又是一種十分濃厚，相當典型的“京味兒”！

“京味兒”當然離不開“京腔”。王度廬的語言大致是由兩部分組成的：敘事以及文化程度較高角色的口語，用的是“標準變體”，即經過“標準化處理”的北京話，近似如今的“普通話”；底層人物的語言，則多用地道的北京土語，詞彙、語法都有濃厚的地域特色，比一般的“京片兒”還要“土”。故在“拙”“樸”方面，他比另一些京派作家顯得更加突出。

筆者認為，1949 年前促使王度廬奮力寫作的動力當有三種：一曰“舒憤懣”；二曰“為人生”；三曰“奔寫頭"。三者結合得好，或前二者起主要作用時，寫出來的作品品質都高或較高；而當"第三動力"起主要作用時，寫出來的作品往往難免粗糙、隨意。當然，寫熟悉的題材時，品質一般也高或較高，否則，雖欲"舒憤懣"、"為人生"，也難以得到理想的效果。是否如此，還請讀者評判、指正。

徐斯年於姑蘇香濱水岸，2020 年 6 月 [10]

注釋

1、這裏敘述的是發表次序。按故事時序，則《鶴驚崑崙》為第一部，以下依次為《寶劍金釵》《劍氣珠光》《臥虎藏龍》《鐵騎銀瓶》。

2、佛洛伊德：《戲劇中的精神變態人物》（張喚民譯），《二十世紀西方美學名著選》（上），第 410 頁，復旦大學出版社，1987，上海。

3、參閱關紀新《多元背景下的一種閱讀——滿族文學與文化論稿》，第 219 頁，遼寧民族出版社，2013，瀋陽。

4、參閱關紀新《老舍與滿族文化》第 80 頁所引，遼寧民族出版社，2008，瀋陽。

5、語見王度廬早期雜文《中等人》，原載於北平《小小日報》1930 年 4 月 5 日"談天"欄，署名"柳今"。

6、民國初年，"天壇附近的天橋大多數的女藝人、說書人、算命打卦者都是滿人。"轉引自關紀新《老舍與滿族文化》第 122 頁。

7、語見王度廬早期雜文《小算盤》，原載於《小小日報》1930 年 5 月 20 日"談天"欄，署名"柳今"。

8、納蘭性德詞：《憶江南》——當年王度廬與李丹荃相愛，曾贈以《納蘭詞》一冊，李丹荃女士七十餘歲時猶能背誦這首詞。

9、由於現存《虞美人》和《寒梅曲》文本均不完整，所以這一數字是不完整的。而未列入統計的《寶劍金釵》《燕市俠伶》等作品中，也常含有京劇演出、觀賞等情節，涉及劇目亦復不少。

　　10、本文原係作者為北嶽文藝出版社《王度廬作品大係》所撰總序，移入本選集時作了一些刪改。

《女刺客》于 1928 年 6 月 19 日-10 月 5 日在北京《平報》上發表，筆名王霄羽。

第一章　　　遣芳春狂士觸文網
構奇禍孤女寄人籬

斜陽芳草亂愁多，把盞說奇推老坡。

一樁殺虎摧花事，揚起千秋恨海波。

狂言豈敢稱大家，短墨殘篇是生涯。

塵海血波書未了，池邊憔悴牡丹花。

　　寫過兩首七絕，作為本書開場引子。我想閱者諸君一看這"女刺客"三字，必以為著者一定是弄什麼《費宮人刺虎》或是什麼替父報仇、替夫雪恨等等陳腐套子來蒙哄諸君。其實不然。本書所述雖近乎報報仇，但是絕不是替父替夫，也不是替什麼情人。所述的情，也不

是什麼花前月下、通詩寄柬的俗套，因為這件事情情節
既苦，

　　結果亦快。鄙人雖系聞諸友人，真假莫定，然而閱
者諸君，亦可以借此奇情快事，一消此炎夏也。

　　閑言說過，書歸正文。卻說在前清末葉之時，國政
衰微，宦途險惡。更加一般貪官惡紳，擁勢虐民。所以
安善人家為人陷害，家敗人亡者很是不少。在安徽省宣
城縣有一個士人，此人名叫唐竹禪，是個舉人，曾做過
湖南某處的知府。因為他恃才傲物，與上司不和，所以
才被革褫職。他自退歸林下之後，性情越發狂放。飲酒
賦詩，言語之間時常諷刺當朝。他的夫人早已故去，只
有一個女兒，使喚兩個丫環，一個老僕。他的女兒名叫
蝶卿，年方及笄，生得玉貌冰肌。只是性情昂爽，絕無
女子嬌媚之氣。她常說，做女子的也不便竟在閨房中描
龍繡繡鳳。縱然不能改裝從軍，也應該學點武藝，防備
自身。所以她在書畫之餘、刺繡之暇，便與她的使女柳
花、梨萼在一塊兒舞劍比拳。雖然沒有人指示，練不了
多好，但是她的身體是很健壯了。竹禪也很隨着他女兒
的意思，並叫他女兒放足，不要作出那柔媚的樣子。至

於他女兒的婚姻，他卻不放在心上。因為他眼眶太高，看那一樣年青的書呆子，全是利祿熏心，氣節喪盡，全都不夠做他女婿的資格，所以他只得不急於給他女兒擇婿了。

單說這天正在春暮時候，落絮鶯殘，雨柔風醉，大好春光，又被東風吹去矣。忽然有一個僕人樣子的少年，拿着一封信來找竹禪。老僕唐佐把這信接過去，拿到裏面交給竹禪。竹禪拆開一看，只見那信封上寫着是：

竹禪世兄文幾敬啟者：

韶光展眼，一年花事又過去矣。我輩騷人對此落紅殘綠，能不慨然？爰擇於本月十三日，奉請閣下及吳子秋浦、張子遠帆、戚子太虛及弟作一送春盛會，吟詩聯詠，開罌選肴，以遣愁人之天氣。幸望閣下挾琴早來，為荷！

陶北窗拜上

登下竹禪看了，不禁微笑，隨着寫了一封回信，教那僕人帶回，說是在一二日內必去赴會，那僕人便走了。這裏竹禪便到了他女兒屋裏，說現在蕪湖的陶北窗來函邀我赴送春大會，除外還有些個至交。我打算明日就去，大半頂四五天就可以回來。那蝶卿當然不能攔阻他父親，只得勸她父親凡事謹慎，莫要多喝酒。當下無話。

到了次日，那竹禪便教老僕唐佐到街上找那賃馬的鋪子，雇了兩匹馬，講得是草料自備，五日還回，兩匹馬共合是一兩二錢銀子，又因為識得他是本城唐宅的僕人，所以也不叫他找什麼保人。這唐佐牽着馬回去，這時那竹禪已然換好衣裳了，隨着囑咐他女兒天天要緊閉雙門，不要出去，以免有什麼意外的事情。蝶卿答應。

這竹禪就出門，隨着唐佐一齊上馬，絲鞭一揮，就離開了宣城縣境，直奔蕪湖而來。蕪湖是個重鎮，街市繁華，離着宣城約有五六十里地，所以竹禪主僕二人走了一天半才到。那陶北窗住在東門外，他本來名叫陶效潛，曾做過江西一任道台。雖然為官清廉，但是歷年所掙的薪俸，也足夠這一生豐富的用度了。他除卻夫人和一個侍妾以外，膝下尚有他的一兒一女，兒名喟時，女名絕世，這兩個名字全是北窗親自給起的。

因為北窗浮沉宦海二十餘年，他目睹宦途黑暗，國政衰微，所以他常懷着一種憤世的思想，平日與竹禪，還有南陵狂士張遠帆、戚太虛、本城老儒吳秋浦，常在一塊詩酒自娛，筆墨之間，難免不諷世譏國。這些文稿傳到有司手裏，便非常注意他們。因為在前清時候文綱極嚴，在清初如戴名世、呂晚村之輩，全都因文字得罪，夷全九族，及至清末此例依然未改。

不提官府上注意上他們的文字，再說竹禪來到陶家，一看那張遠帆、戚太虛全都來了。當下眾人盤桓了一天，到了次日，便是十三日。北窗在事先早已發出幾張請柬，所以這天並來了吳秋浦和他的門生金小堤，戚太虛的同窗秦學觀，和本縣兩個素負虛名的文士曹其庸、張文永。濟濟群才，在陶家的後花園翠殘閣內，大張酒筵，在一塊飲酒談話。

那陶北窗就說，"今天諸位世兄，齊降寒舍，實為榮幸。現當此暮春之際，梨花落地，柳絮彌天。美人在此時而遲暮，騷士在此時而抒悲。爾我弟兄，有的是宦海歸槎，有的是青氈自守。處此不堪之世，值此奈何之天，何不傾杯遣愁，愁隨春去？」說到這裏，又待了一會，又說：「所以我們今天這淒涼的筵會，更不必苦中去尋樂，應當說件淒涼事情，使大家抒抒悲感。諸君有認識渦陽黃子鶴的沒有？」

吳秋浦說：「我和他同寅。」竹禪說：「早年我在京都時，也和他見過幾次。」北窗說：「他在吏部當主事，已有三十餘年。因為他性情耿直，所以得罪了吏部侍郎，把他革職。他就潦倒京門，攜着他夫人小姐教蒙糊口。近來有一個某大臣，知道他的小姐容貌美麗，又知他家境窮苦，所以打算把他小姐買過去作為侍妾。子鶴當然是不肯了，那大臣也不甘心，所以就打算用勢力把他的小姐霸佔過來。他的小姐本來就生性貞烈，如今遇着這事，她知道用柔和手段是拒絕不了，所以她就用小刀把臉上劃了好些個傷口，登時把一位絕世佳人就變成無鹽嫫母了。那位某大臣看她容貌已毀，也就不要她了。她雖然免於匪人之手，但是她的父親年紀既邁，性情又暴，所以就生生地氣死了。身後蕭條，棺衾全無。幸仗他京中一位至友何君，出資發葬。我因為道途相隔太遠，也難以為力，不過只聽由京中來的朋友說了這件

事的始末。我覺得亂世文人，生不如死。可憐我們全是
子鶴的一流人，在此時看着雖然我們比他強，焉知將來
我們還不如他呢！”座客聽了全都不禁慨歎。

惟有竹禪更是氣忿，說：“現在國事日非，君不像
君，臣不像臣，只有我們這一類文士，稍微明白些個禮
儀廉恥，就與他們格格不能相入。許多的人全都因此被
他們陷害。咳，這個亂世末代，真是我輩的殘劫末運
啊！”他說到這裏，不由一時憤慨難奈，遂就由旁邊桌
上取了筆硯，在紙上信筆寫了一首七律是：

末世文人總堪悲，向天搔首天不知。

賈生經濟無從用，陶令襟懷豈可移。

舉世昏昏趨炎葦，滿朝擾擾食祿兒。

何人揮手平氛霧，縱教黃巢亦我師。

眾人傳遞着看了，有的不勝慨歎，有的誇獎竹禪的
筆墨太好。單說這座中那個曹其庸，他是本處知府的門

生，一向求知府提拔他，只是沒有機會。如今他看陶北窗說的這話分明有怨於當朝，那竹禪也說什麼"君不像君，臣不像臣"。再說他這首詩的"何人揮手平氛霧，縱教黃巢亦我師"兩句，分明是銜怨皇上昏庸，恨不得有一個黃巢軍闖出來，把皇家滅亡，才合他的心呢。他想到這裏，不由倒歡喜起來，暗道：現在聖上正在嚴禁謗君之臣，尤其是北窗、竹禪眾人，他們的文字舉動，早被官府注意了。我如今若把他這首詩送到我的老師面前，我的老師剿辦他們之後，那麼一定要誇獎我能夠辦事，將來我的前程可就有了盼望了。

他想到這裏，拿過那張詩稿一面吟哦，一面誇獎，信手就收在衣袋裏了，還和大家飲了會兒酒，待了一會，他只推說今天身體不爽，不能多待，就此告辭。那北窗就不便過於挽留他，只得一任他走了。這曹其庸出了門首，坐上他那輛轎車，就叫趕車的驅車，直奔府衙而來。少時到了，他一直進去。那些個衙役因為他常來常往，所以全都認識他。當下有一個衙役便引他到了後院，先叫他在會客廳內落座，然後進裏面通稟知府。

　　那知府莫錫貴，知道他來一定有事，於是便到了那客廳裏，見了那曹其庸。其庸趕緊叫聲老師，上前行禮，隨着分上下落座。那錫貴就說：「賢契今天前來有何事情？」其庸站起身來賠笑說：「學生素日與本處東門外陶效潛有微交。前日接到他一個帖子，卻是今天在他家裏開送春筵會。學生想這也是騷人雅事，所以今天便去聚會。那裏除卻陶效潛以外，還有宣城住着的那個說什麼亂世文人生不如死的陶北窗，並說他有一個老友，在京都吏部做主事，現已被革。有一位某大臣打算娶他的女兒，他女兒不願意嫁，所以毀容自誓，她父親一氣就死了。所以北窗對於這事，深為傷心。那唐竹禪聽了也不由大怒，說這個時代真是君不像君、臣不像臣。他一時氣憤，就當筵寫了一首七律。我因為見他這首詩針鋒太露，設使將來被官府知道，我既然在會，當然也免不掉嫌疑，所以我把他那親筆寫的詩束偷偷帶起，特來稟告老師。」說着，取出那張詩稿交給錫貴。

　　莫錫貴看了一遍，不由大怒，說：「這等倡狂叛逆的文人，真是不懂國法了！」當即叫來眾捕役到東門外陶效潛家後花園內，把其一干聚會的人，無論主賓全都拿來。眾捕役領命去了。

　　可憐北窗竹禪眾人，正在那裏飲酒論詩呢。突見外面來了二十多府衙的捕役，拿着鎖練、鐵尺，闖門而入，北窗登時十分驚異，站起身來迎面問道：“你們來此做甚？”眾捕役凶眉惡眼地說：“知府大人傳你們，連我們還不知道是為什麼事呢！”說着各抖鎖鏈，把北窗等人全都鎖上，押出門去，上了解犯的敞車，就直奔城內府衙而去。

　　這裏陶家的家人，全部十分驚慌，趕緊派僕人到府衙設法疏通，打聽到底是為什麼事情。人去了，待了半天，才回來，驚慌滿面地說：“這件案子是因為咱家老爺和宣城縣的唐老爺，剛才在後花園內，也不是作了一首什麼怨皇上的詩，被知府知道了。大半這案子關係重大，鬧得利害了，還有滅族之禍呢！”當下他們闔家的人，全都放聲大哭。隨竹禪來的那個老僕唐佐，聽了這話，不由得也十分驚慌，心說，我回家給小姐送信去罷。隨着他便由馬圈內牽了馬，就連夜回宣城而去，一路無話。

一天的功夫，他便趕回了宣城，進了門一直到了裏院，見了蝶卿，先行了禮，然後把竹禪被捕的始末，說了一遍。蝶卿聽罷，也十分驚慌，說：“這是文字獄呀，興許夷滅九族啊！”唐佐說：“那麼，您還是趕緊到別處躲避些天去嗎。”蝶卿說：“我只好上我舅舅那躲避幾天去。”隨着便教柳花梨萼收拾細軟東西，唐佐把兩匹馬送回鋪子，另又雇了兩輛轎車，裝載一切細軟，留唐佐看家。蝶卿帶領柳花梨萼，上了車，直奔他舅舅家去。

他舅舅住在本縣南門外八九里地一個小村落，姓胡，名恭義，務農為業。家裏只是夫妻倆，生有一兒一女。兒子在安慶做買賣。女兒阿金，年才十四歲，在家裏幫助她母親黃氏操持家務。這恭義人極忠厚，生性懦弱，又有嗜酒癖，天天離不開酒瓶子，什麼事也不管。他那夫人、小姐說什麼，是什麼，他絕不敢反對。當下蝶卿來到這裏，柳花先下車，輕叩柴扉。裏面阿金把柴扉開開，柳花趕緊行禮，蝶卿、梨萼下了車，與阿金見了禮。柳花、梨萼便拿下細軟包裹隨着那阿金進了柴扉，外面那輛車也趕回去了。這時那黃氏正在院中洗衣裳呢，一見蝶卿帶着兩個丫環，拿着大包小箱的進來，随即站起身來。那蝶卿趕緊給黃氏行禮，叫聲舅媽。柳花梨蕚也給她行禮，稱呼她舅太太。隨着黃氏就請他們到屋裏落座，問道：“姑娘，你今天怎麼一個人帶丫環來了？”蝶卿歎了口氣說：“舅媽哪裏知道，我們家裏現在出了滅門大禍了！”黃氏一聽，很是詫異，說：“咳，這是怎麼回事情啊？”蝶卿隨着灑淚，把自己父親怎麼在蕪湖做詩惹禍，自己才前來避難的事情說了一遍。

黃氏一聽她跑這兒避禍來了，這要是叫官人知道，到我們這裏一剿，我們也算是一個窩主啊。本想不收容她們，但是自己一個做舅母的，怎能把外甥女兒給轟出去呢？於是她便皺了皺眉，說：“據我看你們在這兒躲避着還不是長久之計，總是再往遠處找個地方躲躲才好。設若此時要是官人去剿你們家，找不着你們，他們一定能夠打聽到這裏來。到那時候你是跑不開，我們也得吃掛絡兒。”說完用眼只管看蝶卿。蝶卿知道她是不願意自己在這裏住着，這要是照着自己平日的脾氣，一定是站起身來就走，怎耐自己現在是窮途日暮，除去此地是無處可去。無法，只得奈下這口氣去，遂又歎道：“我未嘗不願意到遠處躲避去，怎奈遠方舉目無親，可投奔誰去呢？再說這件事不過是因為我父親醉後疏狂，筆墨不慎，也未必有什麼太重的罪名。請舅媽不要過慮。」黃氏說：「我說這話姑娘你可別多心。你想，你是我的外甥女，就是你在我這兒住上三年五載，也不要緊啊！不過你舅舅醉鬼似的，你在這兒恐怕他不十分願意。」蝶卿說：「不要緊，我見了舅舅自有話說，您放心罷。」

正在說着，就聽外面提拉搭拉一陣腳步聲音，原來正是蝶卿他舅舅胡恭義回來了。只見他一身的油泥，盤着辮子，敞着胸前紐扣，手裏提着一個大酒瓶子，進得門來，一看蝶卿來了，遂就說：「哎呀，外甥女兒來了，你這程子好啊？你父親好啊？」蝶卿趕緊給他舅舅行禮，柳花梨荸也見過舅老爺。隨着，蝶卿就把自己家裏出了禍事，現在打算來到這兒躲避的事情，一一說了一遍。那胡恭義聽了，不由很氣忿地說：「現在這些做官的太可惡了，人家又不是殺人的兇犯，占山的強盜，只作了一篇詩，就至於把人都拿了去嗎？外甥女，不要着急，你自管在這兒住着，我明兒設法在官衙方面給你父親疏通疏通去。」

　　蝶卿一聽他舅舅所說的這番話，真比他舅母說的那話天地相殊了。這時黃氏在旁邊聽着，心裏十分生氣。恭義並不知曉，遂向他女兒道：“阿金，你把西小屋收拾乾淨了，叫你姐姐他們住。”阿金說：“我沒有功夫！”恭義氣哼哼地說：“你這孩子真不聽話，你姐姐來了，你也不知道應酬應酬。”蝶卿說：“不用叫我妹妹受累了，柳花，你們兩人給收拾收拾那屋子去。”恭義說：“我帶你們去。”說着把他那酒瓶子放在桌子底下，然後就帶着柳花梨尊，到了那西小屋。

　　那間小屋雖然很污穢，但是經柳花梨尊二人一灑掃，把那屋裏原有的東西全都收在一起，把她們自己帶來的東西陳設好了，登時那屋裏也煥然一新了。隨着，柳花請她們小姐到那屋裏。蝶卿本來今天就很傷感，又見自己舅母和表妹那種態度，不由十分難過；轉想起他父親此時還不知怎麼樣了，當時躺在那張破床上，一陣傷心，柔腸似箭，眼淚簌簌流下。梨尊在床前勸道：“小姐，您就別傷心了，我想老爺因為一點文字事情，也許不至於有什麼大罪名，您總是往寬處想才好。”蝶卿長歎一口氣，流淚道：“梨尊，你服侍我也七八年

了，你想我受過這樣的苦處沒有？ ”說到這裏便咽嗚起
來。

正是：

　　　只知一生居繡戶，那堪如此受風波。

第二章　　　　遭白眼愁碎阿儂心
驚絕豔銷煞蕩子魄

話說唐蝶卿躺在床上，哭泣了半天，算是柳花梨萼苦苦相勸，她才算不哭了。當下蝶卿就覺得渾身不舒適，晚間也沒吃飯。由是日起，這蝶卿就算在她舅舅家裏寄居。

那胡恭義天天只是沉淪醉鄉，家中事情他全都不管，只由着黃氏和阿金。他們母女性情非常嫉妒，那黃氏見蝶卿住的是她的屋子，屋裏也很乾淨整齊了，又有兩個丫環聽她一人使喚着，有時菜太不好了，那蝶卿便叫柳花或是梨萼上村裏小飯鋪買現成兒的。再說柳花梨萼兩人的模樣穿着，真比阿金強得多多，所以那黃氏就常常指着她女兒叨念道：「你瞧，咱們家裏來了三位姑祖宗，人家天天在屋裏描龍繡鳳，咱們做得了飯給人送過去，人家愛吃吃點，不愛吃人家有錢會買現成兒的。」阿金也說：「真是的，到了現在您就仿佛老媽子，我就仿佛使喚丫頭。」黃氏說：「呸，你別自已高抬了。你這樣兒，就是給人家使喚丫頭當使喚丫頭，人家也不要你啊！」這類話灌入蝶卿耳朵裏，她心裏如何好受？暗暗想道：我在此不過是暫且棲身罷了，我又是她的親外甥女，她何必這樣苦苦逼迫我呢？咳，可見寄人籬下不是一件容易事啊！

再說那老僕唐佐，他每逢過上兩三天，必要到胡家來看看蝶卿，給她們送些食物來。這天約莫在上午八九點鐘的時候，那唐佐忽然來了，面色慌張，見着蝶卿便說：「哎呀，這事情可糟了！」蝶卿說：「怎麼了？」唐佐說：「今天一清早忽然有二十多官人押着老爺，老爺身上帶着鎖鏈，面上顏色很是不好。進來那官兵在各屋裏亂翻了一陣，後來由老爺的書架拿走一本書，大半是老爺平日所作的文稿。他們拿着那書，擁着老爺便走了。老爺臨走時，向我問您上哪兒去了，我說上舅老爺家裏去了。老爺很淒慘地說：『我大半絕無生望了，你可以告訴小姐，叫她自己想主意得了，但是千萬不要再回這兒住，免得那些貪官來陷害。』」蝶卿聽到這裏，不由放聲大哭，唐佐和柳花梨蕚也不禁痛哭。

　　這時就聽那北屋裏的黃氏，又摔椅子拍桌子，說：“哪兒來的哪們些個委曲？跑我們這兒來鬧喪來。你當我們這兒是喪棚呢！親戚怎麼樣，我們也得講個吉利啊！”蝶卿聽了，趕緊止住悲聲，並把唐佐柳花梨萼攔住說：“咱們別哭啦，我舅媽那兒不願意呢！”唐佐很奇怪地說：“這個不要緊啊，難道我們家裏遇了慘事，還不准我們傷傷心嗎？”蝶卿歎口氣說：“現在既然是寄人籬下，當然得受人些管轄啊。我現在什麼也不怨，只怨我的命兒不好就得了！”說着嗚嗚又哭。唐佐也一面流淚，一面安慰她道：“小姐不要過於悲慮，如果此地不能居處，我可以給您想個法子，搬到別處住着去。”梨萼也說：“太什麼了也可以到我們家裏住些天去，我們家裏離此地也不算遠，家裏又有兩三間閒房。”蝶卿拭了拭眼淚說：“遲些日子再說罷。唐佐，你千萬要緊緊派人打聽老爺的景況，常常來告訴我，有機會不怕多費錢，也要疏通疏通。”唐佐唯唯答應，隨着唐佐便走了。這裏柳花梨萼二人又勸了蝶卿半天，她才算不十分悲傷了。但是這時那黃氏依舊在她的屋裏不住地叨叨念念，只是聽不真切罷了。蝶卿主婢也不理她，當日無話。

一連過了十餘日，那唐佐來說：「現在老爺已然由
蕪湖解往安慶，大半由安慶還許送交刑部呢！」蝶卿淒
然道：「一點筆墨事情，何至於如此審理呢？咳，亂世
文人，真是不必生活了！」於是取出四兩銀子，叫唐佐
到安慶去打點事情。隨着那唐佐便走了。

說話又過些日子，這天卻是那黃氏的生日。蝶卿知
道了，趕緊帶柳花梨萼過去給她拜壽。那黃氏也勉強帶
笑，和蝶卿談話。正在這時，忽見門窗一啟，進來一個
男子。這人年有二十上下，生得黃白面皮，雖然不是兔
頭蛇眼，但是露出一臉的俗氣，卻又文謅謅的樣兒。進
得門來，先向黃氏行禮。這時蝶卿也站起身來，低頭站
立。那人一看這三個女子，全都有二十以下的年紀，全
是冰肌雪骨，穿章也十分講究，絕不是鄉間小家女子。
登時他不由就一陣魂銷，用眼看着她們，半晌不語。

黃氏笑吟吟地說：「福桂，我給你們哥兒倆見一
見，這是我的外甥女唐大姑娘，這是我的內侄黃福
桂。」那黃福桂笑着說：「我還沒見到妹妹呢！」隨着
趕緊行禮。蝶卿以禮相還，柳花梨萼也給福桂行禮。福
桂這才知道他們兩人是丫環，心說，「好闊啊，這兩個

丫頭都這麼闊，長得都這麼美麗，到底還是做官的人家兒。”蝶卿因見福桂的神色不正，順口說了句：“大哥回頭那屋坐。”便帶同柳花梨蕚回去。

這裏福桂向他姑母道：“這位小姐他父親不是做過一任知府嗎？”黃氏冷笑說：“知府怎麼樣？現在成了豆腐了！”福桂很詫異地說：“怎麼啦？看她這樣子家裏一定還很有錢啊。”黃氏說：“錢倒是有啊，可是現在落得家敗人亡！”福桂說：“這是個怎麼個緣故？”黃氏遂把唐竹禪如何因為作詩被官人拿去，她們來到這裏暫避的事情說了一遍。福桂聽了心裏不住盤算，暗道，“我是個風流秀士，她是個絕世美人，將來或者可以成就那美滿的良緣呢！”他癡想了一會，隨着給他姑姑拜了壽，然後又坐着和黃氏阿金說了會閒話，他便說：“我上小屋裏看看她們去，打聽打聽那位唐老爺的官司怎麼樣了。”黃氏趕緊攔着他說：“喂，你幹什麼打聽啊？與你有什麼相干呢？”福桂說：“不要緊，我打聽打聽去。”

說着，他站起身來出屋去了，這裏黃氏心裏非常不願意。那福桂到了蝶卿所在的小屋門首，一聲不語，就把門一拉，邁步進去。這時蝶卿煩悶無聊，坐在桌子旁邊看那一本《長生殿傳奇》，柳花梨蕚在床上坐着成做一件衣裳，突見福桂進來，不禁全都站起身來。蝶卿心說，“這個人真是孟浪，怎麼恇進人家的閨房呢？”但是又不好得罪他，只得向他讓座。這福桂一進門就聞見一種蘭麝香味，不由越發魂銷；坐在凳子上，向蝶卿道：“我聽說您的令尊大人，因為一點文字事情，被官府傳去，有這事嗎？”蝶卿說：“不錯，倒是有這事，只是不十分要緊。”福桂說：“我在官府方面倒是很識幾個人，得着機會可以給令尊打點打點人情。”蝶卿知道他這話很無聊，隨着點頭說：“那麼倒得多求分心了。”福桂說：“咱們全是至親，不鬧客氣，妹妹平日念過書嗎？”蝶卿說：“念過一兩本小書。”福桂說：“妹妹還是太客氣，我想妹妹一定文才不錯，以後我還要多請教呢！”蝶卿說：“我實在不認識字。”隨着福桂又說了幾句無聊的話，那蝶卿總是不理他，他自以為蝶卿是拘泥呢，隨着他便出屋去了。這裏蝶卿心說，“這個人太討厭了，一點深淺不知。”隨着依舊看她的書。

　　再說那黃福桂，又在黃氏屋裏坐了一會，他便告別出門，回家去了。一路之上，神魂顛倒。少時回到家裏，一個人在屋裏不住冥想，覺得那個唐蝶卿，真是天下絕色。人要是娶得這麼一個妻子，真可稱南面王不易了！又想她那兩個丫環，也全是十分豔麗，果然要是做了她們小姐的夫婿，然後再把她們一收房，哈哈，這輩子可真算不白活了！轉又自想道：憑我這樣人才家當，敢說都可以，再說我和她又是間接着至親，果然要有人從中做媒，我想她一定不能不允。轉又想道，“不成，不成，她現在父親被囚，母親早故，她一個青年女子豈能自己應允婚事呢！我想還是先和她鍾情，做一回張君瑞、崔鶯鶯，以後的事情就好辦了。於是他就找了紙筆，寫了一歪詩是：

待月西窗下，迎風戶半開。

卿如有情意，我便少時來。

自己來回念了兩遍，心說：上兩句雖然是抄的西
廂，但是下兩句卻婉轉周折，正仿佛白什麼易的詩，老
婆子看了全懂。他當下十分高興，又在詩後頭寫了兩行
字，是：

自從見面之後，神魂顛倒。卿如有情，我頃刻便
來，做一密友。為盼。

小兄黃福桂拜

寫完叫過他家裏的小廝黃祿，說：“你把這個字
帖，交給大姑奶奶院裏的街坊唐小姐，千萬別叫大姑奶
奶知道。”那黃祿皺眉說：“什麼事情這麼麻煩？”福
桂瞪着眼睛說：“你就不用管了，趕緊送去罷。”那黃
祿撅着嘴就走了。

少時到了胡家門首，一扣柴扉，裏面阿金出來，把
門開開，說：“喂，黃祿，你幹什麼來了？”黃祿說：
“咳，我們大爺給我一個字帖，叫我給這兒住着的什麼
唐小姐送來。”隨着他進門便喊說：“唐小姐……”這

時梨萼由小屋裏出來，說：“什麼事？”那黃祿還當她
就是唐小姐呢，就笑着說：“我是西邊黃宅的底下人，
我們少爺打發我來，給您送一張字帖。”說着交給梨
萼。梨萼也不知底細，她雖然念過幾個月的書，但是這
帖子上的字自己可不能全都認識。這時黃祿也走了，於
是她便把那字帖拿到屋裏，交給蝶卿。蝶卿早聽見院裏
黃祿說的話了，知道那個黃少爺，一定就是她舅母那個
內侄。當下梨萼也是一臉怒氣，把那個字帖交給蝶卿，
說：“這位黃少爺也太不知尺寸了，有什麼事，至於這
麼傳書遞柬的啊！”

蝶卿一聲不語，接過那張字帖來一看，不由粉面通
紅，氣吁吁地說：“他太小瞧我了，他拿我當崔鶯鶯一
般人了。就憑這首屁詩，也打算效張君瑞？等他來的，
我給他一個釘子吃！”柳花在旁說：“小姐不要這樣，
憑他怎麼樣，咱們不理他就得了，太深分了，全都覺得
不合適。”蝶卿說：“不成，我不能受這樣欺辱，他大
半少時就來，我非得叫他認識認識我是什麼人！”隨着
她就氣吁吁地坐在那裏，思量對待那黃福桂的辦法。

　　再說那黃祿回到宅裏，見着福桂，便說把那字帖送去啦，交給唐小姐本人兒啦！福桂問道：「她接過字帖說什麼話沒有？」黃祿說：「什麼也沒說，就上屋裏去了。」福桂又問說：「你交她字帖的時候，大姑奶奶知道不知道？」黃祿說：「大姑奶奶連影兒也不知道啊！」福桂聽到這裏，心花兒都樂開了。隨着他趕緊又洗了洗臉，出門直奔胡家而來。

　　少時到了，便一叩柴扉，裏面阿金把門開，說：「吆，你怎麼又來了？」福桂說：「我忘下一個東西，在唐小姐屋裏了。」隨着他就一直進去，到了那小屋門首，怔一拉門，裏面蝶卿知道是他來了，一見他拉門，遂就站起身來，把門一攔，說：「你先別進來。」福桂見她這種態度，當時就是一怔，遂就說：「我來看望看望你，也沒有什麼要緊啊！」蝶卿說：「呸，你剛才由這兒走的，這麼會的功夫，你又怔要拉門進來，你須要知道我這是閨房繡戶，豈容你這野男子胡亂進來呢？趁早給我滾開，我要不看你和我們有些親戚的關係，也一定不能答應你！」福桂這時鬧一慚愧無地，只得冷笑說：「你既然翻臉不認人，我只好不必理你了。」蝶卿說：“我今天叫你知道知道我是什麼人，你不要錯看了人！”

這時黃氏也到院子裏來了，遂就向福桂說：“你是怎麼啦？你是喝醉了是怎麼着？你不是剛才走的嗎？怎麼又來了？怔往人家唐姑娘屋裏去！”福桂說：“我丟了東西了，大半忘在唐姑娘屋裏啦！”黃氏說：“你這兒來罷，你不定放在那兒啦，還許在我這屋裏呢。”福桂趁着這個臺階兒，便上黃氏屋裏去了。黃氏遂就指着福桂說：“你也不是小孩兒了，怎麼這麼不給我要面子啊？你看人家說的那些話，也就是你就得了！我要是你，別管怎麼着咱們也得找個地方說說理去！”福桂也氣哼哼的說：“何必說理呢，本來我上她屋裏是找東西去了嗎，我從來沒聽說過，在人家裏避難，還這麼大調門子的！自己親爸爸都叫官人給拿去了，你還美什麼？將來被官人拿去，你也是鬧個官賣，到那時還叫你拿架子！”

蝶卿聽到這裏，本想過去和他們鬧一場去，但是自己又恐怕鬧得亂子大了，對不起自己舅舅，只得勉強捺下這口氣去，遂又長歎一聲道：“咳，這兒住不成了。”梨萼說：“我們的家也離這兒不遠，您要不上我們那裏住幾天好不好？”蝶卿搖頭說：“我知道你們家裏也很不寬裕，你的母親大半又有些神經病，我所以不願給你們家裏多添事去。我現在打算上安慶去，看看老爺的官事到底怎麼樣了。果然老爺要是真個被解京都，我也得追去。不過此後我的身世不定要落到什麼地步，你們儘管跟着我，我也很不忍。柳花她是湖南人，她家裏也沒有什麼親人，此時她無所可歸。你是本處人，家裏又有母親兄嫂，你現在正可回家度日。至於你的身價，我一文也不要，以後咱們有緣再為相見！”那梨萼聽了，不由雙目落淚說：“小姐千萬不要這樣說話，我至死也要跟隨您，您此時要是一死兒要我走，我登時就死在您的眼前！”蝶卿見梨萼這樣忠義，不由歎道：“你既是如此，我也不便過於阻梗你的志向，但是從今以後，我們就要在一塊受苦了。”說到這裏，她不由痛哭了一陣。

這時那福桂早無精打采地走了，蝶卿便叫柳花梨萼慢慢地收拾東西。少時胡恭義從外面小酒店裏和人聚飲回來。蝶卿即過去，說明自己打算上安慶去，看望自己父親去的事情。恭義這時，本已然半醉了，遂就說道：“你既然有這種孝心，我也不能攔你，不過你一個大姑娘，帶着兩個丫環，我很是不放心，可是我又不能跟你們去。”蝶卿說：“您也不必跟我們去，您放心得了。”恭義說：“得了，你們凡事小心得了。”隨着蝶卿回到小屋裏，當晚無話。到了次日一早，她們便收拾好了行囊，別了胡恭義和黃氏、阿金，就離開這宣城地面，直奔安慶道上而來。正是：

四海更無棲身處，千里追尋生我人。

第三章　　　江水一灣俠士仗義
淚絲萬縷孝女思親

　　話說唐蝶卿攜着她兩個丫環柳花梨萼，到安慶去探望她父親。按說由宣城到安慶，道路非常遙遠，再說又必須得經過青戈江、陵陽山、九華山、雲溪河、長江等等路程，山川跋涉。要說一般女子，絕不能耐得如此勞苦。不過這位蝶卿一來父女情深，二來是她手裏的盤纏，尚稱富餘；再說她和柳花梨萼，全都已然放足了，素日在閨中又常常練習武藝，所以現在她們能夠有這種勇氣。當下她們離了宣城縣境，一直往西，一路雇車搭船，走了三四天。她們是不到晌就用飯，不到日落就投宿，所恐怕的就是倘若錯過了鎮店，三個女人家沒處住宿，深為不便。

　　這天走過大通鏡縣境，行到一個山路中。蝶卿主婢三人並肩慢走。梨萼比蝶卿小五歲，年才十五，依舊有些稚氣。一路走着，笑呵呵向蝶卿說：“小姐，我在早先聽人說什麼‘在家千日好，出外一時難’現在咱們到是出外了，也覺得也沒有什麼難處啊！”蝶卿笑道：

"傻丫頭，你還是不明白，你須要知道世路崎嶇，到處都不免有危險，不過在人善避不善避罷了。你看每天不到日落我就找店，住店必要找那大村鎮熱鬧地方，走路必要走那通途大道，這麼來，當然免卻許多意外事情了。"蝶卿說完這些話，柳花梨蕚全都很佩服。

正在這時，忽聽後面有腳步聲兒，她三人回頭一看，只見一個行路人，用一根木棍挑着行李，戴着一頂大簷草帽，穿着黃色綢綢褲子，藍布小褂，年約二十四五歲，面皮微黑，雙目有神，兩頰削瘦，一見就知道，一定是個飽經患難、久淪江湖的人。他挑着行李，邁着大步，仿佛沒見着蝶卿她們似的，一直往西面而去。蝶卿心說：這人一定是個正人君子。江湖上的勞苦人，真比那些秀才舉人們道德強得多。她們一路走着，少時出了這股山路，又走了一會，到了一個鎮店，找座店房住下。當晚無話。

次早依舊起身趕路。當日她們是雇的小推車，走了一天，才到了貴池縣西邊的一個鎮店。給了車錢，進店打個單間，先用過飯，然後在屋裏閒談。這時正在六月天氣，非常炎熱。這個店房又很狹小。一般住客及店內夥計，差不多全上門口外面席地睡覺去了。蝶卿主婢固然也覺得悶熱，苦於都是女人家，不要說不便上外面去，就是連貼身的汗衫，都不能寬一寬。只得把風門開開，窗戶打開，在屋裏搖扇靜坐。

少時天已三更，蝶卿和梨萼全都躺在床上睡去。剩下柳花一個人，又涼快了會子，覺着身體疲乏。這才把門關好，也上床去睡覺。躺了一會兒，心神一靜，剛一矇朧，聽得外面咕咚一聲，仿佛是由房上掉下來一個什麼很沉的東西似的，緊跟着又聽有人喘吁吁的，直哼哼。少時又聽嗖的一聲，房上的瓦微有響聲。少時聲音沉寂，僅有遠遠更鼓的聲音，聲聲入耳。柳花心說這是怎麼回事啊？要是貓從房上掉下來，絕計不能有這大的聲響。莫不是鬧賊嗎？想到這裏心中暗自害怕。又待了一會，聽得再沒動靜了，她才沉沉睡去。

次日早起，柳花想起夜間聲響，約略一說。蝶卿說：「這荒村野店之內，不要說竊賊，就是什麼狐祟鬼怪，也是免不了的。不過我們心裏坦然無愧，無論是什麼東西我們也不怕他。」柳花聽了，心裏也就釋然，少時依舊起身趕路。到了上午十一時左右，便到了江岸，找到碼頭。其時已有許多士農工商、男女老幼，拿着行李貨物，坐着的，站着的，等候船來渡江。就中有一個人，把行李擔子放在地下，坐在鋪蓋捲兒上。蝶卿一看認識，正是那天走在山路中看見的那個人。那人也看了蝶卿三人一眼，依舊掉過臉去。

少時那邊來了兩隻船，那船裏的乘客下來之後，這裏一些候船的人便爭着往上擠。少時那兩隻船上的人全滿了，梢夫拿着槳直管嚷嚷，說諸位別往上擠了，人都滿了，說着便把船開走了。這裏梨萼便向蝶卿很着急地道："這怎麼辦啊？咱們得什麼時候呢？"旁邊那人搭話說道："你們不要着急，待一會兒還有船來呢，這兩隻船太擠，你們上去也不太相宜，總是等一等好。"蝶卿一聽這人說話很對，遂點頭說："是，您說的很對！"說着便站在那裏等候。

又待了半天，就見那邊來了一隻船，比剛才那兩隻還要大一點。少時來到臨近，那船上的客人下來，這裏眾人便上船去。蝶卿這才帶同柳花梨萼上船，給了船錢。那個人也隨後上來。榜人撐起槳，水花響起，這船就直往大江北岸進發。其時這些搭客中間，只有蝶卿主婢是女子，她們都很年輕，長得又很俊秀。大家自然多看了她們兩眼。單說在蝶卿斜對面，坐着有兩個文士打扮的人。全都有三十上下，面黃肌瘦，酸態可掬，看得蝶卿主婢把眼睛都直了。有一個戴眼鏡兒的說："儒臣兄，'若非群玉山頭見，會向瑤台月下逢'轉可移贈我們了。"那個眯縫眼兒的人又說："怎奈'劉郎已恨蓬山遠，更隔蓬山幾萬里'啊！"登時二人醜態畢露，仿佛他們所說的這幾句話，別人都聽不懂似的。哪知蝶卿早已氣得滿面通紅，心說，這兩人真是枉讀書了，名場中淨是這種人，將來宦海中焉能有好的呢？但是自己是出外行路，也不便惹氣，只得不去理他。

走了半天，抵到對岸，柳花挽着蝶卿下了船，梨萼在後面背着行李，上了岸，慢慢往西走去。那兩個浪蕩文士一見，依舊在後面跟着，嘻嘻笑笑轉些個臭文。正在這時，就聽後面噯喲一聲，說"你這個人怎麼這般鹵葬，無緣無故的怔把人撞倒了！"蝶卿主婢回頭一看，原來是那個戴眼鏡的，被那挑行李的人給撞躺下了。他爬起來，便向那人不答應。那人瞪着眼睛，怒勃勃地說："你這個酸丁，走道兒一面擺，一面笑，難怪老爺把你闖倒。"那個眯縫眼的人也說："唔呀，你這個人可太不說理了，怎麼闖倒了人，還說這麼不受聽的話呢？莫非你是誠心尋釁打架嗎？」那人一堵氣把行李擔子放下，把草帽摘了，捋捋袖子說：「不錯，我就是要打架，你要怎麼樣罷？」說着「吧！吧！」就把那人打了兩個大嘴巴。那人捂着嘴，連還手全都不敢還手，那個戴眼鏡兒的人，早嚇得跑一邊去了。那人見他們不敢還手，自己也就不便再打他們了，遂把帽子戴上，把擔子挑起，又走了幾步，向蝶卿主婢說：「三位姑娘自管走罷，這兩個酸丁，已然被我打了，回頭他們再敢向你們說什麼不順聽的話，我非得把們打個半死不可。」蝶卿說：「多蒙相護，但不知先生貴姓大名？」那人說：「我沒有姓名，我只叫柏鄉老二，姑娘自管走罷，他們絕不敢了。」說着他便揚長而去。後面那兩個酸丁也就岔往別處走去。蝶卿主婢依舊往西。柳花便說：「這人真是俠義可敬。」蝶卿說：「天地之大，何人不有？你看那人英氣勃勃，露於眉目間，表面看着他不過是個好打不平的人，其實這人不定身懷何種絕技，做什麼事業了！」

一路談話，走了一會，又雇上車，少時便到安慶了。下了車進了城，順着街道行走，到底安慶地方是個省會，人煙很是稠密。靠着南門大街上有一座旅店，很是寬闊。蝶卿她們到那裏找了北房兩間住下。當時無話。

次日吃過午飯，蝶卿便叫柳花在這裏看守，帶同梨蕚出了店房，一路打聽着到了巡捕衙前。只見蓋造得非常壯麗，門首有幾個衙役，在那裏坐着。蝶卿到了此時，原也有些發怯，轉念生身父親囚在這裏，自己要儘管害怕，焉能父女會着面呢？於是鼓起了勇氣，上前先向衙役道了萬福。那衙役扳着面孔說："你是幹什麼的啊？"蝶卿賠笑說："我是由宣城來的，我父親叫唐竹禪，在蕪湖犯了件文字案子，現在關到此處。我今天特來打算見我父親一面。"那衙役聽了，儘管搖頭說："不成，我們這裏府台傳下的話，凡是犯人，每逢一四七日清早七點，才准與他的家人見面，旁的日子全不成。後天便是十四，你一清早來得了。"蝶卿聽到這裏，心裏十分難過；轉過想道，好在只是後天，中間再等上一天，也不要緊。當下她主婢二人依舊懶懶地轉回客店。

　　這客店的東家是位七十上下年紀的祥善老者。此刻他穿着蘭綢小褂，搖着一柄蒲扇，進到蝶卿屋裏，問說：「三位小姐，你們貴縣哪裏啊？」蝶卿起立讓他坐下，答說：「我是宣城人，這是我兩個使女，一是我們同鄉，一是湖南人。」那老者又說：「你們三位來此做什麼貴幹呢？還同着什麼人沒有？」蝶卿見問，長歎一聲，尊了句「你老人家」，就把她自己的家庭歷史和父親如何因文字不慎被官府拿去，自己在舅母家裏也不能棲身，所以才來到此處，打算到監裏與父親相會，前後說了一遍。那老者聽了也十分慨歎，說：「難得，小姐千金之體，這樣關山跋涉，尋見父親一面，真可稱是孝女了。說到令尊大人，原是位大有文才的人，又做過很大的官。如今竟在牢裏受苦，咳，可憐可憐！」蝶卿主婢聽到這裏，全都掩面而哭。那老者也墜了幾點眼淚，遂又問道：「那麼，小姐上監裏見着令尊沒有？」蝶卿又把剛才怎麼到府衙門首去打聽，據那衙役說，每逢一四七日一清早，才許犯人和家屬會面，只得又空回來了。那老者聽了，搖着頭說：「這是哪裏的事情？府衙從來沒有這種規矩。這一定是你沒給他們門包，所以用這話來支吾。」蝶卿說：「我不曉得什麼叫門包啊！」

那老者說：「門包就是賄賂，要借助公門中人，沒有錢辦不了事。你不信回頭再去，給他幾錢銀子，一定就叫你父女相見了。」蝶卿這才恍然大悟，說：「原來這還有事呢，多蒙你老人家指示！」老者又說：「回頭去時，刨出門上衙役以外，那看守的禁子，至少也得給他三四錢銀子，再看他待你父女，又是一個情景了。」遂說了幾句閒話，那老者自去回轉櫃房兒。

蝶卿依言帶上幾兩零碎銀子，仍由梨萼跟隨，出店一路到了府衙。見才那衙役，還在那兒坐着，走上前去，依舊道了個萬福。那衙役斜恟着眼睛說：「你怎麼又來了？」蝶卿賠笑道：「我有一件事情和班頭商量商量。」說着取出一塊五六錢重的銀子，說：「這點微禮，送給班頭，煩勞班頭通融通融，叫我父女見上一面，談幾句話。」那衙役把銀兩接到手裏，依舊扳着面孔說：「按說可不能這麼辦，不過看你一個女兒家，這樣孝心，真是難得，暫且給你通融辦一辦，你先這兒等一等，我進去給你問一問。」說着走了進去。蝶卿主婢在外面又等了一會，那衙役出來說：「你們跟我進來罷。」

蝶卿梨萼忙跟着那衙役到裏面，轉過幾個院子，到了牢獄的所在。見這個地方，牆也特別的高了，氣象更特別的森嚴了。一排西房，窗戶都是鐵的，牢門上伏着一個狴犴。蝶卿無心去看，照直奔到牢門，迎頭有個監子出來，問說：「你是要見唐竹禪不是？」蝶卿點頭說是。那監子便把她帶到那牢邊，隔着鐵門一看，只見她的父親被裏面一個監子帶着，到了門前。脖頸上帶着一條鐵練，形容枯槁，一臉泥土，很長的頭髮。一見到蝶卿來了，他不但不悲泣，反倒怒容滿面，說你不在你舅舅家裏好生住着，你跑這兒幹麼來了？那蝶卿淚流滿面，說：「父親，您想煞女兒了！」竹禪這時也不由淚珠流下，轉又冷笑道：「我現在已無生望了，你只當你這父親已然死去了！」蝶卿聽到這裏，越發痛哭起來。竹禪喝她道：「不准哭，有什麼可悲傷的！俗語說『大丈夫視死如歸』，又雲『士當聽天順命』，我現在不死便罷，倘或被他們執判典刑，我正可以與戴名世、呂留良、金人瑞輩，先後彪炳！再說我如今已然五十上下，縱然活着也不過再活上十幾年，我如今早死不過十幾年，又有什麼可惜呢？不過你既然是我的女兒，我不能不為你打算個將來長久之計。第一，你的婚姻，你千萬不要你舅舅舅母做主，我已然向唐佐託付了，將來他給你擇配，我是非常放心；第二，柳花梨萼兩個使女，你須要拿親妹妹看待她們。將來等你出嫁之後，再給她們找個士人，一夫一妻地作配。好在我雖然一世寒酸，但是身後所遺，還足夠你們的日用跟將來的妝奩。我現在既然當面告訴你了，你就要謹謹記着，將來照我這話去做，我縱然死了也是瞑目的。」說到這話，他也不由痛哭失聲。那蝶卿梨萼全都跪在地下哭啼。竹禪又向梨萼說：「梨萼，你這孩子素日很忠心，我是知道的，將來你小姐一定不能錯待了你們。」那梨萼聽了，越發哭啼，連一句話也說不出來了。

這時倒是外面的那個監子過來，說：「小姐，你們哭會子也是無濟無事，總是想法子疏通疏通你父親的官司要緊。」那蝶卿梨萼隨即站起身來，蝶卿便取出兩塊銀子來，約莫有四錢重。蝶卿向外面那監子，指着獄裏那監子說：「這兩塊銀子，是我送你們二位的，求你們可憐我的父親，多照應照應他。」那裏外的兩個監子，一見銀子，登時全都喜歡得了不得，說：「小姐你自管放心罷，敢說自打您父親來到我們這裏，我們真是一點也沒錯待他。」蝶卿說：「如此我十分感謝了！」跟着

又同竹禪道："父親，您知道現在唐佐在哪裏住着
了？"竹禪說："前天他還來看我呢，大半他住在北門
內什麼李家客店裏了。"蝶卿點了點頭說："我們回去
啦，大半明天我們還來呢。"竹禪正色說："你何必天
天來呢，你須知孝順父親不是這樣孝順法。"蝶卿只得
流淚說："是，是，我過兩天再來，您保重罷。"隨着
蝶卿便領着梨萼，一面拭淚，一面慘依依地出了府衙，
回店房而去。一路無話。

到了店房裏，那蝶卿連晚飯都沒有吃，只顧悲傷。
柳花梨萼苦苦相勸，怎奈她芳心已然受了這種重大的打
擊，並不是一兩句話所能安慰的了。當夜無話，到了次
日，她本打算還到監裏看看她父親去，但是她也知道她
父親脾氣，自己要是天天去，他一定大發震怒；又要不
去罷，但是父女情深，仿佛自己心裏總是放不下似的。
後又想起唐佐來了，當下就叫梨萼到櫃房，把那老東家
請來。

少時那老者被請進到蝶卿屋裏。蝶卿就說："我現
在奉托您一件事。"那老者說："有什麼事，小姐自管
說罷，我只要是能夠辦得到，我一定給您出力。"蝶卿

說："我們家裏有一個老僕人，名叫唐佐，現在因為來這裏打點我父親的官司，已然來了一個多月了。聽說是住在北門李家店內。請您受受累，到李家店內，把他找來，我和他有面談之事。"那老者說："好辦好辦，我現在在家裏也沒有事，我登時就可以去。"說着，他就回到櫃房裏，穿上長大衣裳，便出了店房，直奔北門而去。這裏蝶卿在屋裏靜坐等候。待了半天，就聽外面腳步聲音，隔着玻璃一看，只見外面那老者把唐佐給帶來了。當下那唐佐進到屋裏，見了蝶卿，趕緊行禮說："小姐您怎麼也來了？"蝶卿不由落下淚來，遂就把自己在舅舅家裏不能存身，所以自己才來省視父親的話說了一遍。唐佐說："我是前幾天到了一趟監裏，我現在淨在衙門內外探聽消息呢。大半他老人家還有解往刑部的信息罷"

蝶卿聽了，不禁吃驚，說："怎麼還要把他老人家解往刑部？噯呀，要是一到了刑部，可就絕無生望了！"那唐佐也不由仰天長歎道："到了現在，只好聽天由命罷。最近聽說和老爺一同被捕的那個陶北窗，已在獄中瘦死了。"蝶卿聽了，更是傷心，說："可憐我那陶伯父，也是一世清廉，怎麼會落到這麼一個結果呢？唐佐，你看現在衙門裏容易疏通不容易疏通？”唐佐說：“現在本府的知府全亦廉，是山東人，為人極其貪婪。現在咱們要是有錢，可以多賄賂他點，我想一定能有些效力。”蝶卿聽到這裏，心裏很是喜歡，說：“你自管去辦，不論多少錢，我都能夠拿出。”唐佐點頭說：“好罷，那麼我就極力進行罷。”隨着，那蝶卿又取出四十兩銀子來，說：“你把這拿去，慢慢地疏通疏通。”唐佐說：“哪裏用得了這麼許多？我先拿十兩去，明兒遇着用的時候，我再和您要。”隨着，他便帶起十兩來，其餘的銀子蝶卿依舊收起來。那唐佐便走了。

不提蝶卿，單說唐佐他出了店房，就一直到了縣衙前街一個小茶肆裏。因為這個茶肆的掌櫃子李四和本府知府全亦廉最新近的小廝龐二是很密的朋友，所以唐佐常常由李四這裏，間接着托龐二給疏通官事。當下唐佐來到這裏，見了李四，說：“四老弟，吃飯沒有？”李四說：“吃過了，您起哪兒來？”唐佐說：“我起南邊來。”說着就把身上穿的那件黃葛布大褂脫下，連那銀兩包兒一齊放在桌上。又說：“噯呀，今兒可真熱呀！”李四說：“給你這把扇子搧搧。”說着便遞給他一把毛扇。唐佐一面搧着，一面問道："龐二爺來了沒有？"李四說："昨天來了，還問你呢！"唐佐說："我們老爺的事情也不知怎麼樣了。"李四說："你們老爺的事情倒沒有什麼變動，大半你們小姐來了罷？"唐佐說："你怎麼知道？"那李四笑道："你不曉得我能掐會算嗎？"唐佐說："你不要取笑，咱們說正經的。"李四說："實同你說罷，昨天你們小姐探監去啦，被龐二爺看見了。據他說你們那位小姐和那位丫環，全是長得天仙似的，只可惜受這樣苦。"唐佐也歎道："官門之家的閨女，當然長得端秀。你還不知道，我們小姐不單知書善畫，並且還會打幾趟拳，使幾路寶劍呢！"那李四說："喝，敢情還有這麼大的本事那！這麼說比我還強得多呢，我就會做開水，給人家沏茶。"說得唐佐不由也笑了。隨着唐佐就說："回頭請你代為致意龐二爺，就說我們小姐來了，打算給他父親打點官司，只要是能夠把他父親托個人情釋放出來，或是不至於解往刑部，她情願花上幾萬兩銀子。"那李四一聽，不由一吐舌頭，說："喝，你們小姐真有錢啊！"唐佐說："我們老爺做官十七八年，縱是為官清廉，手裏也得騰出幾十萬啊！"

　　正在說着，李四忽然招手說：“龐二爺來了。”唐佐回頭一看，果然外面來了一個白面闊少，原來正是那龐二。書中代表，這個龐二名叫梅亭，早先他不過是本城賣餑餑龐老的兒子，窮得常常沒有飯吃。後來因為給本府知府全亦廉當小廝，那全亦廉見他伺候得很殷勤，並且他又生得白皙可愛，所以就把他收作一個男寵。從此這龐二才算一步登天，每天刨去伺候府台以外，他便穿得十分闊綽，手裏也有很多的錢，又倚仗知府的勢力，所以是到處招搖，大家也全都不敢惹他。唐佐雖然屢次托他在府台面前給竹禪運動運動官司，怎耐他在這其中覺得沒有什麼大貪圖，所以他也就不愛多管了。不想昨天他在衙役的監獄裏閑坐談話，忽然聽他們說有兩個大姑娘探監來了。他聽見了，趕緊就暗暗跟到牢獄的院裏，一看，果然看見這兩個女子，全都年約十幾歲，長得十分美貌，真恐怕這一座安慶府內，也找不出第三個。待了少時，那蝶卿主婢走了，他就向監子去打聽。那監子說，這裏一個是本監裏的犯人唐竹禪的女兒，一個是他們家裏的使女。龐二聽了，不由心時十分喜歡，暗道：唐佐那老兒屢次托我給這唐竹禪疏通，我總是不願意管，誰想他還有這麼好的女兒呢！我現在何不在府台面前給他請求請求，倘或將來要真個把他救出來，他一感謝我的大恩，豈不得把他女兒配給我嗎！想到這裏，不禁高興，遂就回到內宅他自己住的那間臥室裏。剛要設法去向府台面前，給那唐竹禪去疏通官事，轉又想道：我別瞎鬧了，人家唐竹禪雖然現在在監裏受罪，他總是做過一任四品黃堂，他女兒也是千金小姐，就憑我這麼一個做小廝的啊？咳，我是枉想啦！轉又想道：我現在在知府面前有這麼大的勢力，何不一半用勢，一半用利，把那女兒設法弄到我的手裏？當下他就到了街上李四的茶肆裏，本打算去找那唐佐，不想他沒在那兒。只得和李四說了幾句閒話，便回來了。當晚無話。

到了次日，沒吃早飯便上李四茶肆來了，這時正趕得唐佐在這裏。當下唐佐見了他，趕緊叫聲："龐二爺，您吃過飯了嗎？"龐二也今天比每天露着和藹，笑說："還沒有吃呢！"說着他就一直進到櫃房裏去，唐佐、李四也隨着進去。到裏面落了坐，唐佐就問龐二道："二爺，我正要找你商量一件事情呢。"龐二說："什麼事情？"唐佐說："現在我們小姐來了，大半您也知道，她打算設法營救她父親。真要是有人設法把他父親由監裏救出來，或是給託人情不至於把他父親解到

北京，就是幾千幾萬她也肯花。」龐二聽了，一聲不
語。本來他的心裏並不是在財上，本想把自己打算說那
唐小姐做妻子的事情，向唐佐說一說。但是自己又不知
由哪裏說起，遂就點頭說：「好罷，你交我慢慢辦罷，
你先上頭裏坐着去，我和他說幾句別的話。」唐佐說：
「是，是。」趕緊站起身來，出了櫃房，上外面坐着去
了。

　　這裏龐二便向李四說自己如何看見那唐小姐，很是
愛慕她，打算把她娶做自己的妻子，果然他們要是應允
了我，那麼我在府台面前三兩句話，就可以叫他父親出
獄。李四聽了，說：「據我想這件事情，定很好辦，因
為那個唐小姐現在正是救父心勝；再說您這樣人品，是
可以跟她配一配。等我和唐佐說一說去。」於是他也出
了櫃房。這時那唐佐正在自己攔大褂的那張桌子旁坐着
呢。當下李四就說：「喂，老哥，我和你商量一件事
情。」唐佐說：「什麼事情？」隨着李四就壓着聲音，
把剛才龐二向自己說的那些話，又向他說了一遍。唐佐
一聽，不由倒吸了一口氣，皺着眉說：「恐怕辦不到
罷。」李四說：「據我想龐二爺和你們小姐，足可稱是
一對美滿良緣，有什麼辦不到的呢？」唐佐歎口氣說：

"你是不曉得他們做官人家的脾氣，他們家裏的小姐比皇宮的公主還要嬌慣多多，仿佛非得什麼少年登科的狀元，或是當朝大臣家裏的公子，才能夠做她女婿呢。"李四聽了，不禁冷笑道："那只好作為罷論得了。不過這件事我覺得龐二爺是一遍好意。實向你說罷，有許多大戶人家打算把小姐聘給龐二爺，龐二爺全都不肯要。如今他為什麼張羅着要娶你們小姐？就是因為他看你們小姐孤苦無依，很是可憐。再說兩下要是婚事定好了，那麼他在府台面前也好提說是為營救丈人；要是你們一味狂傲，倘或要把他惹惱，他要在府台面前說點壞話，你們老爺實在禁不住啊！"唐佐一想也是，於是便賠笑着說："你別把我這話錯聽了，我不是說不成，不過我得和我們小姐商量商量去，我是不能做主的。"李四說："那當然，不過你得親自跟龐二爺說一說，他好高興。"

　　唐佐皺着眉，暗歎道：這是哪裏的事情，我們小姐豈能嫁他一個做小廝的呢？咳，到了現在什麼氣兒也得受，誰叫我們老爺在監裏監着呢！隨着，依舊跟那李四進到櫃房裏，唐佐便笑嘻嘻地向那龐二爺道："二爺，你那意思我很樂意，不過我是給人家當奴才的，小姐的事情我當然做不了主。現在我可以婉轉着對我們小姐說一說，我想我們小姐多半也是願意。”那龐二聽了，微笑道：“好罷，你就和你們小姐商量去罷，不過你須要知道，我並不是貪戀她的顏色，特意拿此做個要脅，實在是看着她年青青的一個女兒家，這樣孤苦伶仃，甚是可憐，所以我才想這個法子。一來容易給他父親疏通官事，二來她也有了安身之處。”唐佐說：“是，是，您說的很是。”那龐二又說：“你明天頂正午到這兒再來一趟罷，好歹我聽你個回話。”唐佐連連答應。說着那龐二就走了。這裏唐佐呆呆地坐了一會兒，因為自己此時還沒有吃飯呢，遂就穿上大褂，帶上銀兩，向李四告辭。

出了這茶肆，一直回到北門內李家店內自己住的那房間裏，吃完了飯，自己坐在屋內，暗自尋思這件事道：太叫我為難了，我怎麼向小姐開口呢？又道：反正這事要不跟小姐提也不成，反正我提的在，她愛答應不答應，我就不管了。主意定妥，依舊出了店房，到了南門內蝶卿住的那店房裏，見了蝶卿。這時那蝶卿正在一張躺椅上閑臥，旁邊柳花梨萼坐在旁邊做女工。忽聽外面一陣腳步聲音，接着那唐佐進來，見了蝶卿，便說：

“小姐沒出門嗎？”蝶卿說：“我也沒心到街上逛去，你來有什麼事嗎？”唐佐說：“有一點事我和您商量商量。”蝶卿說：“什麼事罷，你自管跟我說。”唐佐遲延了一會，怯怯地道：“我本來要說，但是又恐怕惹小姐生氣。”蝶卿一聽，覺得很是詫異，遂就冷笑說：“不要緊，無論什麼事，你自管說。”唐佐遂將剛才龐二對自己說的那些話，學說了一遍。蝶卿聽完，不由氣得滿臉發白，心說：什麼貪官的小廝下三濫，這麼妄想胡為！我雖然現在身處難中，但是我也是做知府家的小姐，就是出嫁，也不能嫁給你這路做奴才的人啊！轉又想道，這也是個機會，我想這個龐二既然是在那知府親近服侍，一定很得那知府的信任，似乎他要是說上一兩句話，也許有一點力量。我何不將計就計，假意應允他呢？哄得他把我父親救出監來，我再用手段叫他把這件事情罷論。他如果執意不從，那時我可以削髮為尼，把梨萼或是柳花聘給他，也未為不可啊！想到這裏，遂向唐佐說：“我現在是一心想搭救我父親，只要設法把老爺救出監來，無論什麼事我都可以將就着辦。如今這事你可以回復那龐二爺，你就說我對於這事，沒有什麼不願意的。只要是把老爺救出之後，那麼隨後就可以結婚。”唐佐聽了不住連聲答應，說：“好罷，那麼我就這樣答覆。”蝶卿點頭說：“對啦。”隨着，那唐佐就走了。

這裏柳花梨蕚很奇怪地向蝶卿說：“噯呀小姐，您怎麼會答應這件事呢？您想您是千金之體，那個姓龐的不過是一個做小廝的，這焉能配到一塊呢！”蝶卿見問，不由長歎一聲道：“你哪裏曉得我這一片苦心呢！”說到這裏，她不由一陣身世之感，雙目落下淚來，柳花也不禁在旁拭淚。

單說唐佐，出了店房，一直往北門而去。正走在府衙附近大街上，忽兒後面有一人猛地把自己揪住，幾乎摔了一個筋斗。唐佐趕緊回頭一看，原來是府衙內的衙役趙七。這個人素日酗酒生事，常常向人勒索錢財。當下他把唐佐揪住便說：“喂，老唐，你前幾天應得送給我二兩錢子，一向老沒給我，今兒應該給我了罷？”唐佐說：“趙七哥，你記錯了罷，我哪裏許過這個願啊？”趙七瞪着眼睛說：“怎麼，你前幾天說的，現在就不認帳了？不成不成！”說着掄圓了他那粗大的手向唐佐就是一掌。唐佐吃了這掌，不由滿臉發燒，說：

"噯呀，你這個人怎麼這麼不講道理啊！"那趙七說："你登時給我二兩銀子算是沒事，要不然我非得把你這把老骨頭拆在這兒不可。"這時街上雖然有許多人，但是全都曉得這個趙七是一個有名的潑皮。大家躲他還不及，誰還敢過來給勸架呢？當下那趙七正在發威，急得唐佐滿頭是汗，一面和他講理，一面央求他。那趙七哪裏肯聽，吧吧又打了唐佐兩個嘴巴。

正在這時，忽然由東邊來了一人。此人年約二十多歲，穿着黃蘭綢小褲褂，戴着草帽，來到這裏，正趕得趙七那兒打唐佐。他不由勃然大怒，說："你這惡官奴，無緣無故地欺負老鄉民！"他登時過去一揪那趙七的腕子，那趙七就覺得這人力氣很大，不由得就把唐佐的胳臂鬆手了。隨着那少年便氣昂昂地說："你這個人，怎麼不懂得顧惜年老的人，有什麼話可以好好地說。"趙七說："你這個小子，好好的路不走，來管我們這事幹什麼！快些躲開，要不然我可跟你麻煩。"那少年微笑道："跟我搗麻煩，我倒不怕。我且問你，你為什麼欺負這個老鄉民？"那趙七說："好，你既然一死兒打聽，我可以告訴告訴你。我叫趙七，在府衙內當差。這個唐老兒，他的主人在我們衙內禁着。他常常去探監，借了我的錢給他主人買吃食，統共借了二兩多銀子，到現在一文錢沒還我，屢次和他要，他也不理。今天我把他揪住，和他要錢，他竟不認帳，說是沒借過我的，你說可氣不可氣？」那少年聽了這話，不由移怒到唐佐身上，遂就說：「你這老兒，怎麼這麼刁鑽，欠了人家的錢不但不說去還，還不認帳！」唐佐急得不住流淚說：「噯呀，先生，你別聽他這瞎說話呀，我何曾欠過他的錢啊！我們老爺雖然在監裏，可是我們小姐手裏還很有錢，焉能借他的錢給買食物呢？」那少年向趙七微笑道：「如此說來，你是訛詐了！」那趙七瞪着眼睛說：「別管我是訛不訛，詐不詐，反正與你沒相干。你快些給我滾開，別看我連勸架的一起打！」那少年不由一陣冷笑說：「怎麼，你還要講打嗎？那我倒要領教領教。」趙七說：「你這個人分明是誠心找事兒啊，我不給你個利害你也不知道。」說着掄起手掌，向那少年就打。那少年向旁一閃，就躲開了。趙七緊跟一進步，打算要揪那少年的脖領，卻被那少年托住脖子，當胸一拳，腹上一腳。那趙七咕咚一聲，栽倒在地，說：「噯呀，你敢打趙七爺，好小子，你可別跑！」那少年捋着袖子說：「你爬起來，你怎麼起來我怎麼叫你躺下！」

隨着那趙七爬將起來，瞪着兩隻凶彪彪的眼睛，又撲奔上來。那少年往旁一閃，轉到趙七的身後，一隻手掐着他脖子，一隻手揪着他左腿，往起一扔，把那趙七扔起有四五尺高來，摔出一丈多遠。登時他臉也腫了，鼻子也腫了，好半天才爬起來。那少年還打算他還要動手呢，遂就舉着手看他怎麼近身。原來這趙七不過是一個土潑皮，從來吃硬不吃軟。他看這少年手腳這樣利便，一定是個會武藝的人。他立刻一點橫勁也沒有了，向那少年做個揖說：“先生你別生氣，我佩服你了。但不知你貴姓大名？”那少年說：“你也不用問我姓什麼，我且問你，你還向這老者勒索錢不勒索了？以後還敢倚勢凌人不敢了？”趙七說：“不敢了，不敢了，請問先生，你老現在住在哪兒？改日我可以登門拜訪，向您請教請教武藝。”那少年說：“我這個人是到處為家，專管天下不平之事。要說武藝，我就是打一趟拳，你也說不出名目來。”那趙七聽了，更不禁嚇得毛骨悚然，站在旁邊，一聲也不敢言語。隨着那唐佐便向那少年道了勞駕，轉身走去。這裏的一些看熱鬧的人也一哄而散。那少年揚長而去，只剩下那趙七，不但沒訛成人，反倒當着一街上的人，栽了這麼一個大跟鬥，真是又羞又惱，把鼻子堵上，止住了血，遂就垂頭喪氣，回他家中而去。

正是：

　　一場無賴未施了，十分羞惱已贏來。

第四章　　　兩不相識探監憑俠骨
　　　　　　　一場沒趣求婚使奸心

　　話說那解圍的少年，原來他就是那天在江邊救護蝶卿主婢的那個柏鄉老二。原來此人是直隸柏鄉縣人氏，姓徐名淩鵬，外號人稱小二郎。他自幼好練武藝，拜大拳師馬子雲為師。那馬子雲的武藝在大江以北，從無敵手。生平只教了三個徒弟，大徒弟是河南人張立，二徒弟便是徐淩鵬，三徒弟是山東趙華俊。這師兄弟三人之中，惟有淩鵬的武藝出群。他家庭中只有兄嫂，所以他也沒有什麼掛礙。武藝學成之後，他就遨遊南北，踏遍名山大川。盤費缺了，就找那些富而不仁的人，盜些銀錢，刨出自己花用以外，還要周濟那貧苦的人。一些草莽健兒、江湖俠士，沒有一個不知道這徐淩鵬是個豪傑的。

　　這天他走到蕪湖地面，就聽人說什麼陶北窗、唐竹禪幾個退職的官員，還有南陵文士張遠帆、戚太虛等人，也不是因為作了一首什麼詩，被官府全都給拿去了。大半縱沒有滅門之禍，本人的性命也是保不住罷。

淩鵬聽到這裏，不由十分不平，暗道：陶北窗、戚太虛這幾個人，素日我是不知道，不過唐竹禪早先在湖南做知府，官聲頗好。後來被誣革職，隱居宣城，也很有賢者之目，怎麼會遭了這樣案子呢？大半其中一定有些冤情。於是他就打聽了幾天，才知道竹禪確是因醉後疏狂，作的詩有幾句叛逆言語，大半現在還有解往安慶的消息。淩鵬這才知道竹禪這次遭禍，雖然有些冤屈，但是也總怨他文字不慎。自己要是把他一人救出來，一來沒地方安置，二來陶北窗諸人的罪名更加深重了。他想到這裏，覺得處處都妨礙，所以也就無法搭救竹禪了。

後來竹禪解往安慶，他又到採石磯拜訪一個朋友。在朋友家盤桓些日子，然後他就別了那朋友，打道湖北去，擔着行李，連車腳全都不雇，一直往西而去。在路上就看見三個女兒同員，他看着很是詫異，料得其中定有原故。於是他就暗暗跟着，細細審查，才知道這是一主兩婢，又見她們態度大方，行動雍容，絕不是什麼私逃的事情。這天走在貴池縣，就見那主婢三人在頭裏走，後面有一個凶眉惡眼的人在後面緊緊跟着。那主婢三人可是一點也不曉得。淩鵬暗道，這人形跡可疑，緊跟着人家一定沒懷好心。我要不暗中保護，他們主婢必遭毒手。於是他也暗中跟隨，少時到了晚間，那主婢打店住下，他也在附近找了一間店房。到了夜內，他就在外面尋查。少時果見有一條黑影，飛上那主婢住的那店房上去了，他知道是賊人來了。隨着他也輕輕上房去，這時那賊人聽得後面瓦響，趕緊回頭一看，凌鵬趁着此時，就用力沖他後腰踢了一腳。那賊人登時立腳不住，咕咚一聲栽下，把胳膊摔折，可是又不敢嚷嚷，只是吁吁地喘。那凌鵬又起房上輕輕跳下，揪着那賊的腿，一越上房，由房上又把那賊扔下。那賊就摔了半死兒了。隨着他也跳下房來，把那賊人拉出一里地遠。良久，那賊才緩醒過來。凌鵬便取出短刀，向他威脅，問他到底是向那主婢懷着什麼惡心？那賊人說：“我叫汪四虎，我實在是本處的慣盜。今天看他們三人全是年青女子，穿章又整齊，又拿着幾個很沉重的包袱。我以為她們一定很銀錢，所以今晚特來偷盜。不想遇着好漢爺，把我摔到這個樣子。求好漢爺千萬饒我性命，我從今以後再也不幹這盜賊的事情了。”凌鵬說：“我也不管你是改不改，反正我今天饒你性命，以後你要再遇到我的手裏，是休想再活了！”那賊人連連叩頭，隨着爬起身來，一瘸一點地走了。這裏淩鵬依舊回到店裏，當夜無話。

　　到了次日，那淩鵬還是不放心，恐怕昨天放走的那個賊，還向她們主婢尋釁去，於是他依舊暗中跟隨蝶卿主婢走。後來在長江岸邊，又打了那兩個酸丁，才算和蝶卿談了兩句話。後來他進了安慶城，看那主婢也在南門裏打了店，又見那蝶卿和梨尊去探監，他才猛然知道，這女人敢情是唐竹禪家裏的小姐。想想她這山川跋涉，千里省父的一片孝心，實在難得，於是他也在南門內打店住下，打算設法救出唐竹禪來，使他父女重聚，一連幾天總是尋不着機會。這天由街上經過，便遇着那衙役趙七，向唐佐勒索錢。他來不認識唐佐，不過看着他這大年紀，被人欺辱，很是可憐。所以他就上前，始而勸解，後來把那趙七打得服了軟，他才走去。一面走着，一面想道：剛才那個姓唐的老兒，說是什麼他的老爺被禁在監裏，他們小姐很是有錢，莫非這老兒也是唐竹禪的家人嗎？咳，看起來他的孝女義僕為他很不容易啊，怎奈他這官司太麻煩呢！只可恨這監裏還有戚太虛等人，要不然我一夜之內就可以叫他出獄。想到這裏，自己也是束手無策，可又不忍得不管。

　　當下回到他自己店內，無話可敘。到了次日，一清早起來，心說，我雖然沒見過這個唐竹禪，但是他或者也許聽說有我這個徐淩鵬，我何不到監裏看看他，也叫他認識認識我，省得我和他們素不相識，就是將來把他救出監來，其中也免不掉嫌疑。於是他就出了店房，一直到了府衙門首。恰巧這時那趙七正在那兒了，一見淩鵬來了，他不由就起心裏害怕。淩鵬上前說：「喂，你把我帶到監裏，我看望看望那唐竹禪去。」那趙七陪笑道：「好罷，好罷，您先這兒稍等一等，我進去跟他們看監的說一說去。」淩鵬點了點頭，隨着他一直到了監牢的院子，見了那禁子，便說：「喂，現在外面有一個人來看望這唐竹禪，那人年青力壯，武藝很好，昨天我在街上就吃了他一個大虧，你可千萬別惹他。」那禁子答應。隨着趙七出去，見了淩鵬，便說：「您跟我來罷。」隨着淩鵬跟着他一直進去。少時到了那監獄的院裏，引着他去見竹禪。

　　竹禪本來沒見過他淩鵬，在湖南時那竹禪有時乘着轎子由街上路過，淩鵬在暗中見過他兩回，現在還可以恍惚着認識。當下那竹禪一看探望的這個人，卻是位英俊少年，心說，這是誰呀？我並不認識啊？莫非他是找錯了人了嗎？這時淩鵬來到臨近，就隔着柵欄向竹禪打了一躬，說：「老先生，你不認得我徐淩鵬了罷？」竹禪一聽徐淩鵬這三字，很覺得耳熟，只是一時想不起來。遂就說：「眼拙得很，不知閣下素日做什麼生理？」淩鵬說：「老先生真是貴人多忘事，早先您在湖南做府台的時候，那時我正在頑皮不馴，做了幾案，很惹您注意，我有個匪號人稱小二郎嗎！」竹禪聽到這裏，才猛然省悟，暗道，早先我在湖南做官時，有一個行俠做義的大盜，名叫小二郎徐淩鵬，盜過好幾個大戶，並且還有幾條人命。那時我曾派許多捕役捉拿他，但是總沒拿着他。這事已然有三四年了，怎麼他今天會到這兒看望我來呢？莫非他沒懷好意嗎？於是就說：「久仰大名，不想今天閣下竟光降到這裏。我現在因文字惹禍，大半將來一定要身受國法。不知閣下前來有何見教？」淩鵬說：「我自幼學武，十來歲便闖蕩江湖，所見的貪官惡吏不知多少。惟有您在湖南任上時，真可稱是愛民如子。在那時您派捕役捉拿我，我一時氣憤，本要到府衙去行刺，但是後來聽本處鄉民稱頌您的正直，我立刻良心發現，再也不在您所管的境界擾亂了。然後我又聽說您被革解職，我十分氣憤。近來由蕪湖經過，才知您因為一點文字的事情，打了這個官司。我本打算設法援救您，怎耐沒處下手。又見令嬡千里跋涉，來省視您，我又在暗中保護。現在令嬡已然平安來到此地，大半您的官事也可疏通得有些希望了。請您放心罷，有我小二郎在此，一來令嬡不至於受人欺負，二來就是您這官事也不至有什麼人暗算。否則叫我知道，當時就能叫他性命喪掉！」這時有兩個看牢的禁子全都在旁邊站着，聽到這裏，不由全都有些吃驚，暗道，這麼一說，這個人一定是個殺人不展眼的強盜啊！我們可千萬留點神，要不然，別看他來一個劫牢反獄！

唐竹禪聽完了淩鵬這一番話，感激流涕地說：「義士待我家如此厚德，我真是沒齒難忘！可歎我有許多朋友門生，早先與我家往來十分親近，如今我一人入獄，他們全都恍若不知，從沒有一個人來這裏看望我。世態炎涼，真堪浩歎！義士與我們素不相識，便肯這樣熱心相助，委實令人欽佩。不過現在我這件官事，雖說上干國法，但是其中也有一般做官的打算借我們這事好升官邀賞，大半將來一定免不了解往刑部身受典刑了！」

　　凌鵬聽到這裏，不由一陣淒慘，落下幾點眼淚。竹禪反倒苦笑道："處今之世，稍微具點清才傲骨，一定不免天人之忌。我現在雖然身臨大難，一點兒不憂不懼。不過我現在稍有掛念的，就是我的女兒。因為我這女兒她同不得別的女子，因為她自幼讀過詩書，又會些武藝，所以她對於我這件事，十分着急。我屢次勸她不要管我，但她還是執意要往外救我，並且聽說她還花了不少錢，這難免其中有什麼奸人哄騙。所以懇請義士在暗中監視監視，如若有什麼特別的事情發生，還求多加保護。再者，譬如說我此時要是解往刑部，或是瘦死獄中，那麼還得懇請義士，與我們的老僕唐佐，商議着給她找個安身之處。"凌鵬唯唯答應。隨着那竹禪又問凌鵬的住處，凌鵬說了自己的寓所，便告辭出衙，回店而去。當日無話。

　　到了次日一清早，那蝶卿帶着柳花又去探監。竹禪便把昨天凌鵬來探監的事情說了一遍。蝶卿就把凌鵬在暗中救護的事情說了一遍。竹禪這才說："你以後千萬不要拿凌鵬當外人看待，我看他雖然是個江湖人，但是他那人很是忠義俠爽，以後他說什麼你務必要遵從。"蝶卿點頭答應。跟着竹禪又把那凌鵬的住址告訴蝶卿，叫蝶卿令唐佐帶着她上淩鵬那裏道謝去。蝶卿也答應了，辭了她的父親，回到店裏，就叫柳花到北門內李家店把唐佐給找來。柳花去後不大工夫，便把唐佐給找來了。蝶卿就把那徐淩鵬昨天如何探監，以及自己父親如何囑咐自己給淩鵬去道謝的話，說了一遍。唐佐說：“好罷，我雇車去罷。”說着出去到外面雇了一輛轎車。蝶卿還是教柳花看家，自己帶着梨萼跟唐佐出去上車，直奔淩鵬住的店房而來。

淩鵬住的這個店房離着唐佐住的那店房不過一里來地，不大工夫便到了。那唐佐下了車，到那店的櫃房裏，上前問道：“你們店裏住着一位姓徐的客人沒有？”那夥計道：“是叫徐老二不是？北方人？”唐佐點頭說：“不錯。”那夥計說：“你等一等。”他便到了淩鵬屋裏，說：“徐先生，外面有人找你。”淩鵬說：“好罷。”於是他出了屋子，到了外面一看，原來是唐佐，遂就說：“是您找我嗎？”唐佐這時反倒不由十分詫異，心說，這個人不是前天打趙七救我的那個人嗎？原來他就是大俠客徐淩鵬啊！於是便說：“您是徐老爺不是？”淩鵬笑着說：“不敢當，不知您找我有什麼事情？”唐佐說：“我是唐竹禪老爺家裏的僕人。因為我們老爺和小姐承蒙徐老爺照應，我們老爺囑咐我們小姐特來拜謝！”凌鵬說：“不敢當，不敢當。”這時外面的蝶卿也下了車，進來便給凌鵬萬福，叫聲大叔。梨萼也給凌鵬行禮。凌鵬很恭敬地還禮，請他們到了自己住的屋裏。蝶卿就說：“屢蒙大叔救護，並且到監裏探望我父親，我父女真是感激莫名，所以我父親囑咐我特來給您道謝。”凌鵬說：“不敢當，我不過愛管這些閒事罷了。現在我也不管斷定能不能把令尊援救出獄。不過我只要是永遠跟着你們父女，那麼敢保絕不能有什麼惡人暗算你們。”蝶卿說：“多求大叔愛護罷。”隨着又談了一會兒閒話，那蝶卿便起身告別。

凌鵬送他們到了門首，剛一出門，只見那裏有一個大和尚，敲着木魚化緣。店家的夥計惡言惡語地轟他，他也不走。忽然看見凌鵬出來送蝶卿，他便直管賊眉鼠眼向蝶卿身上打量。凌鵬一看，就覺這個和尚來頭不正。當下那蝶卿梨萼上了車，唐佐跨上車轅，趕車的揚鞭驅車而去。這裏那和尚依舊拍拍地敲他那破木魚，凌鵬就上前說：“喂，大和尚，你也不想想，你們這方外人應該找那積善之家，好施之人去募化，你想我們這座小店房，所住着的差不多全是個沒家沒業的人，誰肯給你這野和尚錢呢？”那大和尚道：“施主說話好沒分曉！哪個和尚不是野的？難道做和尚的還必要有家當兒嗎？”淩鵬說：“你這賊和尚休要與我犯囉唆！”說着向他的胸前就是一掌。那大和尚倒退了一步，用手摸了摸胸口，遂說道：“好毒的手段，這多虧是我，要換個別人早就沒命了。你既然如今輕視佛門子弟，那麼我就走罷。不過你須要防範你的天災人禍啊！”淩鵬說：“賊和尚，有什麼手段隨你使去，我小二郎徐淩鵬絕不藏不躲。”那大和尚說：“你就是柏鄉老二嗎？久仰得很！”淩鵬說：“你叫什麼名字？”那大和尚說：“不消問我，咱們改日再見罷。”說着揚長而去。這裏那店家夥計也看着很奇怪，說：“這個和尚你打他一拳，他也不還手，還說什麼久仰久仰的，莫非他是個傻和尚嗎？”淩鵬笑道：“你哪裏知道這種江湖人。”隨着進到裏面，暗自尋思這個大和尚吃我一拳竟會沒躺下，足見此人一定是個江湖巨盜。他臨走時叫我防範什麼天災人禍，不用說他在一半天內一定要來尋我作對呀，我須要處處防範着才好。當下無話。

到了晚間，他就把一把鋼刀預備在手邊，為的是防備那個賊和尚。少時天交二鼓，淩鵬反倒不敢睡了，躺在床上，側耳向外細聽。待了良久，就聽房上的瓦微微作響，淩鵬就慢慢爬起身來，下了床，手提鋼刀，在門後站着。這時就見有人慢慢拉門，淩鵬知道是那賊人來了，隨着就等那賊人把門拉開，自己猛地把刀向外一刺，然後跳到院內。這時那賊人知道人家防備下了，隨着他就一扭身跳上房去。隨着淩鵬也跟着跳上去。那人也帶着兵刃了，就把手中的白刃向淩鵬就砍，淩鵬也用刀相迎。這房上本來地方很窄，那人施展不開，隨着那人跳下房去，一不留神把房的瓦踢下兩塊去。這裏淩鵬順手掀了兩片瓦，打將下去。頭一片瓦那人躲開了，二片瓦那人沒有躲開，正打在他禿頭上，不由噯喲一聲，登時那片也碎了，他頭也破了。淩鵬趁勢越下，用力就剁。那人也用兵刃相迎。戰了十餘合。那人一個招架不住，被淩鵬一刀剁在肩頭，淩鵬還要動手，那人卻退了一步，說：“小二郎，你不要再動手了，這回總算是我輸了。”淩鵬說：“賊和尚，你叫什麼名字？”那大和尚說：“我也不是賊，我是江西峽江張子礎的侄子，自有生以來闖蕩江湖，從沒吃過虧，不想如今被你打傷。你是江湖上好漢，我也不是無名之輩。如今我也不能服這口氣，你我後會有期罷。”說着提着兵刃往北去了。

　　這裏淩鵬依舊提刀上房。這時那店裏的夥計聽得瓦響，知道是鬧賊了，隨着全到了院裏。這時那淩鵬跳下房來，眾夥計還只當是賊人來了，遂就大喊道：“拿賊啊！”淩鵬說：“別嚷嚷，是我。”那夥計說：“噯呀，徐二爺，你怎麼也上房了？”淩鵬說：“剛才我睡得好好的，就聽見房上的瓦響，我趕緊拔出刀來，追上房去，砍了那賊一刀，那賊就忍着痛跑了。不知你們丟了什麼東西沒有？”夥計說：“沒丟什麼東西，一定這個賊剛來了還沒下手，就叫你老給轟跑了。”又有一個夥計說：“我們不曉得徐二爺，原來還有這麼好的武藝呢！”淩鵬故意很得意地說：“我們北方人，滄州柏鄉各處，差不多全講究練武，至不濟也得會幾手拳腳。”當下那些夥計全都表現出十分景仰的樣子。隨着各自回屋安歇。當夜無話。

　　到了次日，那淩鵬便到了監裏把昨天蝶卿到店裏，給自己道謝的事情，跟竹禪講了一遍，並表示不敢當之意。二人後又談了一會閒話，淩鵬便告辭走了。再說那本府知府的小廝龐二，他自從得了那唐佐的回話，知道唐小姐對於那婚姻事情，已是允許了，自己不由喜歡得坐臥不安，恨不登時就把她得到手才好呢。轉又想道，我別上了她的當啊。現在她父親在監裏，她救父的心切，當然是百依百從；倘或將來我要是用力量把他父親救出來，到那時她要是一不認帳，我也是乾沒有法了啊！不如我先叫她給寫個允婚的字據罷。」於是就找到唐佐，把這意思和他說了。唐佐也很以為難，心說這種要憑要據的事情，我怎麼和小姐說去呢？但是不說又不成，沒法子只得到了蝶卿那店裏，和蝶卿半吞半吐地說了一遍。那蝶卿暗道，本來誰有心嫁呢？我不過是將計就計罷了，我現在要是拒絕他吧，又恐怕把他得罪了，他行出什麼手段來，不如我把徐凌鵬找來，叫他給想個辦法得了。於是就叫唐佐上凌鵬的店裏，把他請來商量辦法。那唐佐去了。待了半天，才把那凌鵬請來。當下凌鵬來到這裏，蝶卿趕緊讓座。凌鵬遂問道：「姑娘找我有什麼要事？」那蝶卿欲言又止的，良久才把那本府知府的小廝龐二，如何在知府面前說話有力，唐佐常常托他給運動官事，最近他說如若我肯嫁與他，他一定能夠把我父親救出監來，我是救父心勝，遂回復他說，只要他把我父親救出監來，一定以身事之。其實不過是一句將計就計的支持話，不想他現在非要教我寫一個字據，他才放心呢。我本想不給他寫字據，但是又恐怕把他得罪了，于我父親官事上不利。凌鵬聽到這裏，不由嗤然一笑說：“姑娘你哪裏明白這其中的事，你想父親這案子上司早已知道了，就是本省巡撫也不能私自說一句話就把你父親放了，何況這小小的知府呢！更何論他個當奴才的呢！姑娘對於這事可以不理，他們如若對你父親有什麼暗算，我自有法懲治他。”蝶卿聽了，随即唯唯答應。當下那凌鵬便告辭而去。

　　蝶卿因為唐佐住在北門內李家店，離着這兒很是不近，遇着什麼事，還得現找他，遂就叫他也搬到這兒，另找了一間小屋。當日唐佐也就搬在這兒了。從此那唐佐再也不上李四那茶館找龐二去了。那龐二知道這件婚姻事情，算是吹了，所以他十分生恨，親自到李家店去找那唐佐。據店家說他早搬走了，鬧得龐二也是沒有法子。這天那唐佐跟着蝶卿、柳花、梨萼一同去探監，不想被龐二看見。他當時便把唐佐叫住說：“喂，老唐，我問你一句話。”唐佐随即站住。龐二便說：“怎麼樣了，我告訴你那件事情，你跟你們小姐商量了沒有？”唐佐說：“我早就要回復您去，只因為我沒有功夫。實同您說罷，寫字據那件事，簡直辦不到。您只要是把我們老爺救出來，我們當然有一種報答。你要實在無能為力，那也就沒有法子了。」龐二說：「好，如此說來那婚姻的事情是作為罷論了。」唐佐說：「無憑無據，怎能說是婚姻呢！」龐二冷笑說：「好，我也不跟你搗麻煩，過兩天你看着我的罷。」說着轉身走去。這邊唐佐心裏不禁生疑，暗道，「他現在恨恨地走去，不用說，他一定要使出什麼手段啊。」只得跟着蝶卿到裏面，看完了竹禪，然後便出了府衙，回店房而去。當下無話。

再說那龐二，他枉使了心機，鬧了一場大沒趣，心裏真是又熬又恨，轉又想起剛才那唐小姐，帶着兩個丫環，那種態度，真可稱是天仙一樣。咳，這種豔福，我怎麼沒福享受呢？咳，不用說這一定是唐竹禪那個囚奴，把他女兒看得神仙似的，不肯叫她嫁我們凡人。這個囚奴，我非得施展個手段，把他的命要了不可，到那時也叫他女兒後後悔。」想到這裏，遂就打算設法害那唐竹禪。於是他就在知府面前，說近來唐竹禪在監裏，如何仗着他的錢財，把監子班頭全都買通，又說近來有一個叫什麼徐老二的，這人年輕力壯，聽說是個會武藝的人，一些衙門裏的人，全都怕他，長此以往，恐怕要鬧出意外的事來。那知府聽了，當然是十分不放心，本來竹襌這案子，牽連着這些人，內中又死了一個陶效潛，內容實在麻煩。自己本打算給胡亂定了案，但是這個案子自己絕作不了主。上次把他們的口供遞給了京中，到現在也沒有回文，把他們這些人在監裏禁着，他們不是解職的官員，是知名的文士，難免要於其中鼓動出什麼亂子來，到那時我怎麼擔得住呢！於是他便給巡撫衙門去了一封公文，只說"唐竹襌吟詩謗上一案，已審訊就緒。不過此案多系文士富戶，率多身體羸弱，上次陶效潛瘦死，即其前鑒，深恐此案各犯長囚監中，如再有瘦死者，則案情更難究矣。"過了幾天，那巡撫便來了公文，說是把唐竹襌案中各犯，即日押解上京，交解刑部判罪。

　　正是

　　　　提到狴犴門外去，送往酆都城中來。

第五章　　生死別起解京都道
　　　　　忠烈心救護冤枉人

　　說話那巡撫來了公文，命把這一案的人犯，唐竹禪、張遠帆、戚太虛、吳秋浦、金小堤、秦學觀、張文永七人解往刑部，聽候定罪。這個信息被唐佐知道了，趕緊報告蝶卿。蝶卿聽了，登時仿佛冷水澆頭似的，隨着攜帶着柳花梨萼，一起來到監裏，見了竹禪放聲大哭。竹禪也知道待一會兒必要把自己解往京都道上去了，登時強忍痛淚，說："女兒，你我父女一場，如今我將要被解往京都，一定是九死一生。現在我有三件最後的囑咐：第一，我死之後，你千萬把我的死屍領回，在宣城城外單買一所墳地，把我埋在那裏；第二，將來你務必要給柳花梨萼二人尋個相當的人家，給唐佐一二百銀子養老；至於第三件，便是你的婚姻。"說到這裏，蝶卿便俯了首。竹禪說："我看徐淩鵬那人，少年俠爽，做事正大光明，並且他又有那身超群本事，把你聘給他絕不虧負你，不知你以為怎麼樣？這是你終身大事，你不要做那小女兒態。”蝶卿說：“淩鵬那人，我當然是非常欽佩，我情願以身事他，以報他待我家的大德。不過他那性情剛直，我想絕不能答應這事。”竹禪說：“不要緊，將來我倘或能再見他一面，我必要細細對他說說，他是個明白人，到那時他也就不得不允了。”蝶卿答應。隨着竹禪又囑咐唐佐柳花梨萼一番。這時禁子過來，催着蝶卿幾人快些躲開，因為待一會兒就要把他們提出監去畫押起解了。蝶卿主僕只得含着眼淚在衙門門口外等着。

這時那知府升堂，命把竹禪等七個人提出監來，在堂上重新上了手鐲腳鐐。知府在文書上蓋上了印，就派大班頭吳三，帶着十六個解差，押着這七個犯人，往京都道上進發。當下那吳三率着十六個解差，押出竹禪七人，出了府衙的後門。那裏早就預備下八輛轎車，每輛車是四個人，一個犯人，二個差官，一個趕車的。最後那輛車是吳三坐着，並放着些個隨身應用的物件。剛上了車，那蝶卿主僕，還有戚太虛、吳秋浦、秦學觀、張文永幾個人的親屬，全都要擁上來餞行。吳三本想不允，但是眾人的親屬只管痛哭哀求，無法，只得容犯人在車上坐着和親屬談話。當下真是哭聲離亂，慘不忍聞。

旁邊看熱鬧的人也是不少。內中便有那龐二，他這時可趁願了，遂就上前一拍唐佐的肩膀說：“老唐！”唐佐這時正在捂着眼睛哭啼，忽然聽得有人叫他，趕緊回頭一看，原來卻是那龐二。這時那龐二撇着嘴兒，冷笑道：“老唐，你們現在後悔了罷？龐二爺手底下敢說有兩下子罷！”唐佐聽了十分發恨，說：“你這小子，快些躲開我！”龐二瞪着眼睛說：“什麼，你這老東西敢管我叫小子！”說着“吧”地就打了唐佐一個嘴巴。唐佐這時也豁出去了，遂就罵道：“你這兔子小子，老爺子招你惹你了？你就打我？我這條老命索性和你拼了！”說着一頭向龐二撞去，龐二揪住他的胳臂一帶，那唐佐登時摔倒在地，龐二便上前拳腳交加。兩旁看熱鬧的人，誰敢過來相勸呢？

正在這時，突見一人由正東飛跑過來，來到臨近，先一把把龐二的脖領揪住，然後向他後腰一拳。那龐二登時“噯喲”一聲，躺在地下。那人抬起腳來，向龐二的前臉用力一踩，登時那龐二的鼻子也平了，臉也紫了，由鼻子裏嘴裏冒血，只管喘氣哼哼，卻不能動轉。眾官人就上前要拿他，那人卻說：“不要拿我，我絕不能跑。”遂就扶起唐佐來道：“你快些帶小姐回去罷。”唐佐淒然說：“徐二爺，您怎麼辦呢？”淩鵬笑道：“我還算什麼，你們走罷。”眾官人說：“別放那老頭兒走了！”那淩鵬瞪着凶彪彪的眼睛說：“他是被欺負的，我看着不平才把那人打傷，現在無論有什麼罪過，全有我姓徐的擔着，何必不放他走呢！”眾官人聽了，哪敢上前攔阻？唐佐趕緊帶着蝶卿柳花梨萼走了。這裏淩鵬看他們走了，索性一不作二不休，又向那龐二肚腹踹了一腳，那龐二登時就死了。隨着淩鵬就向眾官人道：“我跟你們打官司去。”隨後這里地方把死屍用蘆席蓋好。那吳三也就押着車輛出城往下趕路去了。

　　單說那官人們把淩鵬鎖起來，帶回衙門裏，先在監獄內押上一會，然後稟告知府。那知府十分震怒，隨着升堂，命把那兇犯帶上來。衙役應聲把淩鵬押上，知府厲害問道：“你這個罪犯，怎麼無故地把人打死？”淩鵬冷笑道：“我又不瘋不癲，焉能無故地打死人呢？你身邊一府之長，縱養你的家奴，在外面招惹是非，你須要知道我是打死人的自然應該償命，不過今天案子倘或要叫上司知道，你一定也要受些個處分啊！”那知府聽了，心裏自然着慌，但是依着還故意作氣說：“你這個刁民，嘴裏還自管混賴，快些招來！到底是為什麼把那龐二打死的？要不然我要掌嘴巴！”凌鵬冷笑道：“你必這樣吹鬍子作氣，我怎麼打死的人，怎麼招就是了！”說着他便說自己如何知道龐二倚勢凌人，打算圖謀唐竹禪的女兒，自己如何不平。今天自己來與唐竹禪送別，便見他欺凌那唐家的老僕唐佐，並且把那唐佐按在地下打，所以我一時氣憤，便把龐二打了幾拳，不想龐二那人十分嬌嫩，被我三拳兩腳就給打死了。現在我既然打死他了，我情願給他抵償。至於那唐佐，他無故被人欺負，那龐二縱然沒有打傷他，也不算輕，我請求老爺不必再傳他了。那知府聽得凌鵬說話慷慨，也不由心中生佩，遂說道：“如今既然有正兇，當然沒有他的事了。”隨着就叫衙役把他帶下去，收在監裏，然後自己就退了堂。因為這龐二倚勢凌人，才被人毆死，這件事要被上司知道，自己當然免不了處分，所以那凌鵬的口供得加以更改。這且不提。

　　再說那蝶卿主婢和唐佐，看得凌鵬打死了人，被衙役鎖去了，他們心裏非常難過，覺得這回凌鵬定得給那

龐二抵命不可。回到店裏，主僕便互相哭啼，後來蝶卿
又叫唐佐到衙門左右去打聽。唐佐去了，待了半天回
來，說探不出什麼消息，大半他們把徐二爺收監了吧。
蝶卿聽了，只管流淚，卻一點辦法沒有。當下無話。

　　到了晚間，吃過飯，那蝶卿便在燈下悶坐，一面傷
心她父親的痛別，一面傷心淩鵬為救唐佐弄出人命，自
己想來想去，不覺眼淚把衣裳全都濕透了。這時遠遠的
更鼓已交了三下。正在這時，忽然聽得外面嗖的一聲，
如同輕風掃葉相似。少時忽見有人推門，這時屋門還沒
有關好呢，所以只外面那人一推，就給推開了。這時柳
花梨荨全在床上合衣躺着歇乏呢，忽然聽得屋門響，全
都趕緊坐起身來。外面那人慢慢進來，蝶卿主婢一看，
原來卻是徐淩鵬。當下他們主婢十分驚異，淩鵬擺着手
兒說：「你們不要害怕。」於是在椅子上坐下，緩了緩
氣。蝶卿便說：「您不是被他們收在監裏了麼？」淩鵬
笑道：「那監牢如何能囚得住我？白天我向他們裝老
實，後來他們把我囚在監裏，脖頸和腳上只帶着兩根很
細的鎖練，被我扭斷，又把鐵門的鎖頭擰開，我就跑出
監來了。我特意來告訴你們，你們明天一清早就要出城
才好。」隨着又問唐佐呢？蝶卿說：「在他屋裏睡覺

了。”淩鵬向柳花說：“你把他叫醒，上這屋來，我和他有話說。”當下柳花出去，少時把唐佐叫醒，上這屋來，見了淩鵬，他也很覺詫異。淩鵬叫他坐下，隨着就把自己如何越獄的事情，說了一遍，並說自己現在一逃出來，明天知府一定要滿城嚴拿。要訪着你們，你們難免得打個嫌疑犯，到那時官司就不好擇清了，所以你們明天一清早剛一開城，你們就走才好呢。

蝶卿說：“我現在正要追隨我父親上京都，明天我們一早就起身北上，只是您呢？”淩鵬說：“我還不好辦嗎？我不是說什麼時候走，就什麼時候走嘛。你們出了城盡往下走路，我自然在暗中跟隨你們。因為你們這回北上，沿途上免不掉有綠林人打劫你們，所以我務必緊跟着你們。”當下那淩鵬說完這話，便起身告辭。出了屋門，只聽微有些風響，淩鵬早沒有蹤跡了。這裏蝶卿主僕十分佩服淩鵬的本領。隨後便收拾一切東西，預備明日起身，當下主僕四人何嘗睡得着？

到了次日，天色微一亮，原來店家夥計就起來了。唐佐遂就向他說：“我們現在得趕緊出城，回家辦事去。我們這欠你們櫃上多少錢，請你們人算一算。”那夥計就把他們櫃房的先生喚醒，叫他起來算帳。那先生起了床，把燈撥起，翻了翻帳本，打了打算盤，說："除卻以前幾次還的之外，還欠五兩二錢銀子。"唐佐告訴蝶卿，蝶卿就拿出五兩三錢銀子，還清店賬。隨着便一同拿着行李，出了店房，直奔南門而來。少時到了南門門臉，這時候城門還沒有開呢。城門旁也有幾個做商的人，等着開城好往下趕路。蝶卿於是便坐在旁邊一塊石頭上等候。少時東方發白，等着開城的人越發多了。隨着那看城的官人便把城門開開。唐佐主僕就混出城去，反倒往西北而去。少時便見那邊有兩輛載人的小車。唐佐遂講好了價錢，主僕四人就坐着這兩輛車，直奔正北走去。一直走到天將正午，方才找了一處鎮店，找個飯鋪吃了飯，依舊往下趕路。又過了兩道河，統共這一天的功夫，走出約莫有五十里地。

這時天色已黑，打店住下。那兩個車夫領了車錢，也就趕着車走了。蝶卿主僕剛隨店夥進了屋子，正在這時，忽聽外面有人喊道："店家，店家，你們這裏住着有姓唐的沒有？"唐佐一聽是淩鵬的聲音，隨着出去一看，可不是嘛，趕緊叫道："徐二爺，我們在這屋呢！"淩鵬遂就大踏步進來。蝶卿柳花梨蕚全都給他行禮，淩鵬也以禮相還，淩鵬遂坐在椅子上。唐佐問道：「您怎麼會知道我們住在這兒呢？」淩鵬說：「我一估量你們這一天可以走多少路，就知道你們多一半是住在這個鎮店了。這個地方統共店房不到二十家，我挨着門一找，還找不着？」蝶卿一聽，不由笑道：「你真成！」唐佐又問道：「安慶城內現在怎麼樣了？」淩鵬看得店夥出去了，遂就說：「現在我那越監的事情，已然發犯了，眾官人正沿門按戶地查人呢。」蝶卿笑道：「這真叫作亡羊補牢了。」淩鵬不禁微笑。蝶卿又問淩鵬吃飯沒有，淩鵬說：「我還沒吃呢。」蝶卿說：「我們在一塊吃好不好？」淩鵬說：「好。」說着那唐佐便把店夥計叫過來，蝶卿說了幾樣菜，叫他們去做。那夥計答應去了。

這裏淩鵬便說：「姑娘你到京裏有什麼至親至友沒有？」蝶卿說：「只有我父親早先一個至友，他也是皖南人，在刑部做主事，名叫楚天瑞，算來我還管他叫義父呢，只是已然有五六年沒有見面了。」淩鵬說：「這就好辦了。他既然在刑部做主事，那麼你到了京都，就設法打聽着他的住址，然後你就謁見他去。見着他一懇托他，他一定不能不關照你父親。」蝶卿點頭答應。少時那店家夥計把菜飯擺上來，淩鵬、蝶卿、唐佐、柳花、梨萼不分主僕，全圍着桌子在一塊吃飯。少時吃完，那唐佐又叫店家給騰出一間屋子來，唐佐跟淩鵬去往。當下淩鵬和蝶卿又在屋裏談了一會閒話，便歸屋睡覺去了。當夜無話。

到了次日一清早，便起身趕路。有話即長，無話即短，一連走了三四天，眼看着就快出安徽境界了。這天在店裏那淩鵬便說：「現在快到山東境界了，山東地面差不多是山就有強盜，我們走在路上須小心才好。」蝶卿答應。從此淩鵬就常常以短刀護身，永不離遠蝶卿他們。這天約有午後二時，走在一個小鎮店裏。那蝶卿、柳花、梨萼全都坐着小推車，在頭裏走。唐佐淩鵬二人，雇得驢在後面跟着。正自走着，忽聽後面有人叫道：「徐老二慢走。」淩鵬回頭一看，原來是自己的好友梁萬芳。此人也是少林門中的英雄，江湖間的好漢。早先因為賣藝，被人欺辱了，幾乎要羞愧自盡。算是遇着淩鵬抱打不平，把欺辱他的那個人折服，算是給他出了氣，二人遂就交了朋友，感情很是不錯，現在二人已有一年多沒見了。當下淩鵬趕緊下了驢，遂又向唐佐說：「你先跟着姑娘在頭裏走，我跟這朋友說會話，待一會兒就追上你們。」唐佐答應，跟蝶卿主婢坐着那兩輛車，慢慢往前行走。這裏淩鵬與那梁萬芳，二人闊別之下，在道旁談個不休。

再說唐佐，跟着車輛往北走了半天，不住回頭往後看，總不見淩鵬趕來。眼前又是一脈高山，形勢險要，心裏不住着急，暗道，我這位徐二老爺，怎麼還不來啊！眼看頭裏這道山就不好過，我又不識路徑，倘或山裏要再出來一幫山賊，那可不好辦了。這裏蝶卿也回頭向唐佐說道：「唐佐，咱們先別往下走了，道路又不曉得，別着徐二爺來再找不着咱們。」唐佐答應着，便向那兩個車夫和那個趕腳的說：「你們知道前頭那山好走不好走？過了這山是什麼地方？」那兩個車夫說：「此山名叫隔雲嶺，分東嶺西嶺。這是西嶺，過了這道山嶺就是華家堡。此處倒很好走，要是東嶺可就免不掉有強盜了。」

正自說着，忽然由正東跑來兩個騎馬的，全都是鄉民的樣子，催馬如飛，來到唐佐面前，偏身下馬，說：「你們是往哪裏去的？」唐佐一看，不由一怔，遂就說：「我們是上京都去的，你問我們做甚？」那兩個人說：「我們這裏叫隔雲嶺，因為東嶺上常常出現許多強盜，頗為行旅之患，所以我們附近各村便練了一隊鄉團，把那山上的強盜全都趕走。但是們這鄉團既然辦得很好，當時再不能解散了，所以我們只好設法籌畫錢，大家維持，定出章程，凡是由此處經過的人，必須到我們鄉團會所去簽名，每人交捐錢一吊，除非僧道之外，全都得上捐。」唐佐說：「這個好辦！那麼我們就把捐錢交給你罷。」那兩人說：「不成不成，你得到我們會所去簽名，給你一個執照。如若你們是在二十里地以內被強盜劫了，我們賠你們損失。」唐佐一聽，這個辦法也倒不錯，於是便說：「好罷，那麼我們就跟你簽名領執照去罷。」一面便叫車夫推起車起來，自己騎着驢，跟着那兩個人一直往東。

少時進了一個山口，順着山路走了一會，就見山坡上有一座小廟。那二人下了馬，一聲呼哨，少是就見由山坡那廟裏，跑出二十多個壯年漢子，全都手裏拿着單刀木棍等等兵器。唐佐一看，登時嚇得滿面發白，渾身亂抖。這時眾強盜已然擁將上來。那蝶卿向柳花梨萼道：「你們不要害怕，看我跟他們拼一個死活。」就着就由行李中抽出寶劍，把劍一橫，說：「你們且不要上手，我問你們，你們寨主叫什麼名字？」那些強盜說：
「我們沒有什麼寨主，只有我們老大，名叫鐵門拴常得
興。你這妞兒問他作甚？」蝶卿說：「我們原是同小二
郎徐凌鵬一塊上京都的，現在他在後面和人扳談，所以
先叫我們在頭裏走。他大半隨後就到。你們此時要劫了
我們，他要趕來如何能與你們干休？」那些個強盜說：
「我們誰管大二郎小二郎的，你們把一切的行李給我們
放下罷。」其中又有一個強盜說：「咱們把這三個妞兒
也給留下好不好？」眾強盜說：「不用不用，倘或要叫
老二知道，咱們怎麼支吾他？你知道上回那事情不知
道！」隨着眾強盜就把蝶卿主僕的行車、財物全都搶上
山去。這裏唐佐和柳花、梨萼全都不禁痛哭。蝶卿卻一
點不露悲哀之色，遂就說：「這山上的強盜裏一定有好
人，要不然我們三人全都得被他們擄去。現在行李財物
丟了到不要緊，只要是凌鵬來，我想他登時就可以給要
出來。」隨着就叫車夫把車順着舊路推出山道，依舊往
西去。

　　走了一會，忽然唐佐在驢上舉手道：「小姐請看，
這西邊不是徐二爺來了嗎！」蝶卿往西一看，果見那邊
來了一個騎驢的人，後面有一個腳夫跟着，誰說不是凌

鵬啊！原來淩鵬是因為和那梁萬芳在路旁談話談了半天，因為淩鵬不放心唐佐他們，所以就和那萬芳告別，便趕來了。當下見着唐佐眾人，趕緊催驢來到臨近，下了驢便說：「叫你們多受等了。」唐佐說：「還提呢，我們的行李財物，全都被賊人搶去了。」淩鵬一聽，不由一怔，遂說道：「是怎麼會遇着強盜了？」蝶卿就把剛才怎麼被誆進了山，叫賊人搶去了行李財物，並有賊人打算把我們也搶上山去，算是被一個賊人給攔住，說是怕他們老二不願意，所以我想他們那山上，一定有個好人。淩鵬聽了，十分發怒，說：「綠林中當然免不了好人，不過有我跟着你們，如今你們會被賊人打劫了，未免太欺負我了！唐佐，你把我帶去，我不但把你們財物行李要出來，並且我還要叫他們頭目出來給你們賠罪。招惱了我，我就殺他們一個兩個的看看！」蝶卿說：「您只要把財物行李要出來就得了，不必太斬盡殺絕。」淩鵬說：「我自有辦法。」說着就同那唐佐，兩人騎着驢，叫趕驢的在這裏等着。那唐佐引着他，直奔正東而來。不大功夫，就到了那山口了。唐佐把驢勒住，向山口裏指着道：「進這裏面一直往北，山坡上有一座小廟，那就是賊人的巢穴。」淩鵬知道他是膽子小，不敢隨自己去進山口，遂就說：「那麼你就回去照顧小姐他們去吧，我一個人找那賊窠去，大半一會功夫就可以把他們制服，把東西要出來。」唐佐答應，撥轉過驢來，回到西面照顧蝶卿她們去了。

單說這裏徐淩鵬，催驢進了山道，正自走着，忽聽後面有人大聲喊道：「喂，前頭的，你站住！」淩鵬趕緊勒住驢，回頭一看，只見後面來的這個人，騎着一匹馬，年約三十來歲。淩鵬知道他一定是賊人。當下便在驢上回首問道：「你叫我作甚？」那人說：「你起這兒過，你上捐了沒有？」淩鵬說：「我不曉得上什麼捐！」那人說：「本處練了一個鄉團，所為保護往來客商，但是凡由此路經過的人，必須要到會所去上捐，簽名，領執照，才准過去。」淩鵬說：「這個不要緊，我可以去上捐。不知道會所在什麼地方？」那人說：「我可以把你帶去。」淩鵬說：「好吧，勞駕了。」隨着就跟着那人，一前一後，順着山路一直往北。這時淩鵬便一眼看見山坡上，果然有座小廟。

忽見那人把手指頭放在嘴裏，一吹呼哨，登時就見那山坡廟裏，出來二十多人，全都拿着短刀木棍，往山下跑來。凌鵬遂也由身邊取出短刀來，下了驢，說：「好啊，今兒你們可錯睜了眼睛了！」先挺刀撲奔那個騎馬的人而來。那人趕緊撥馬往後退，說時遲那時快，三步兩步，凌鵬就趕上那人，一手揪住馬尾巴，一手拿着那鋒利的短刀，向他後腰刺去。那人登時在馬上坐不住，嗳喲一聲怪叫，翻身落馬。凌鵬又刺了他兩刀，當時他就死了，地下流了一大堆血。這時山上眾強盜齊都跑下，大喊說：「你這個凶賊，為什麼把我們弟兄殺死！你今天休想走了！」說時眾人擁將上來，短刀木棍一齊往上遞。凌鵬用這把短刀相迎，眾人的兵器休想近得了他的身。忽然凌鵬使了一個招數，用短刀刺死一個使木棍的強盜。隨着奪過他的那根木棍，一手拿短刀，一手拿木棍。這兩樣兵器掄動如飛。那二十幾個小賊，如何能敵擋得過？少時又砍死兩個，打傷四五個，那幾個人也嚇得不敢近前。

這時就有人去奔告他們老大老二，少時那賊頭目鐵門拴常得興，手裏拿一根核桃粗細二尺多長的鐵棍，率着十幾個小賊，跑下山來。凌鵬、常得興二人，一連打了三十餘合。那常得興縱然力猛，但是哪裏能敵得住凌鵬呢？所以戰到四十幾合，他就有些招架不住了。這時淩鵬看得他力疲了，遂就賣個破綻，先用木棍把他那鐵棍架住，然後一進步，一刀正刺在那常得興的胸脯，咕咚一聲倒在地下，把鐵棍也扔了。淩鵬趕緊把自己手裏的木棍扔了，把那鐵棍揀起來。眾小賊一見老大受傷了，全都要上前和淩鵬去拼命。淩鵬也橫着鐵棍，打算把那些小賊全都打個腿折腦袋破。這時那常得興躺在地下，先擺手把那些小賊攔住，然後又向淩鵬說：「好漢，你先不要動手，你貴姓？」淩鵬說：「大半你也未嘗不知道我的名字，我叫徐淩鵬，外號人稱小二郎。」常得興說：「原來是徐二爺，我們真是瞎了眼了，請你到我們山上談一談。」

淩鵬沒答話，忽見山上又下來十幾個人。為首的一人，年約二十多歲，手提花槍，生得很是英俊。淩鵬卻認得他，名叫賽馬超洪華俊。他早先曾在大名府內鏢局裏做過鏢頭。他那時眼空四海，恃武淩人，後來遇見徐淩鵬，二人比武。十幾個照面，就被淩鵬打倒。從此他一羞離開大名去了，說這話已有三年了。當下淩鵬見他來了，遂就說：「啊，恰是冤家對頭來了。」這時那常得興躺在地下，喊說：「老二，你不要鹵猛，打過你的這個人又來了。」這時那洪華俊下了山，把手中的花槍交給身旁的一個嘍兵，然後他就向淩鵬打了一躬，說：
「徐二爺，別來無恙？想不到今天在此相遇！」淩鵬也
略一抱拳說：「久違得很，原來你在這兒納福了。」這
時旁邊的一些小賊已然把常得興攙起，但是他還不能自
己行動，因為那傷口依舊不住地流血。華俊看他已然暈
過去了，遂就向旁邊的嘍兵說：「你們把他抬到寨裏去
吧，把刀創藥給他上上。」那幾個小賊答應，便把常得
興抬上山去了。這裏洪華俊又向淩鵬道：「徐二爺，請
到我們山上一談，有什麼事情咱們慢慢地商量。」淩鵬
還自當他是山上安着埋伏打算暗算自己呢，但是又看華
俊似乎沒有惡意。再說自己知道他夙日雖然有些狂傲，
但是他做事光明磊落，也可以稱得起是一條英雄。況且
自己此時又有鐵棍護身，任他施展什麼手段，自己也是
不怕的。於是自己便慨然答應，就跟着那洪華俊，大踏
步上了山。

　　眾嘍兵在後面攛着，不大的功夫，就到了那廟裏。
這座廟雖然不大，但是也有三四十間房子。廟內不獨和
尚全都被他們趕走，就是廟裏的神像，也被他們給扔在
山澗裏頭去了。不過那山門的破橫額上，還可以隱隱的
看出有「應無觀」三字，大半這座廟早先一定是老道住

着。當下淩鵬也無暇去細看這些個，遂就跟着洪華俊到了三間西配殿裏。屋裏也有兩張桌子，幾個凳子，還有一鋪炕。淩鵬與華俊對面落座。華俊便說：“我早先年幼無知，狂傲自大，後來被閣下管教了一頓，我才知道強中自有強中手，從前的壞習慣一概改掉了。但是我既然栽了這一個跟頭，當然不能再在大名府內混了。所以我就離了大名，往南走來。但是我在南方舉目無親，也沒有誰投奔。我正在徘徊歧路之時，恰巧由此經過，遇着那個鐵門拴常得興。他打算劫我，我不服，所以我們交起手來。後來他敵不過我了，才執意請我上山幫他辦理山寨事務。我正在無處寄足之時，所以我才來到這山上，做他們的老二，就是二寨主的地位。我一來到這裏，就給他們出了幾道規矩：一、不准強汙婦女；二、只許劫人，不許殺人。就是這兩條規矩，在起先這些嘍兵沒一個能服從的，後來被我殺了兩個人示眾，所以大家才怕了我，不敢再犯規矩了。所以我自從來到這裏，敢說把此處治成個以忠義為本的山寨。尤其我們對於四方的鏢客，以及江湖上有名的好漢僧道之類，從來沒劫過一個。不知今天為什麼事，卻惹得閣下這樣動氣？”

　　凌鵬一聽這話語中帶刺，遂就微笑道：“老兄，你辦理此山這樣有規矩，我姓徐的實在欽佩。不過你問我為什麼來這裏動氣這件事，未免得說你一個失查之罪。我保護湖南退職的清官唐竹禪家裏的小姐上京都，走在路上，也有許多綠林朋友打算下手，但是看有我跟着，他們就不肯下手了。不想走在這裏，我因為遇着我的朋友梁萬芳，我們兩人在道旁談話。那唐小姐帶着他們一個老僕和使女，便在前面走着，不想就遇着你們這裏的人了，把他們賺到這裏。在未劫的時候，那唐小姐也曾提過我的名字，不想你們這裏的人，一概不聽，把一切行李財物劫下，並且還要把那唐小姐搶上山來，算是有一個怕被你知道，才算把那人攔住。我聽此信找來，不想你們老大下了山，更是不講理，所以我才一怒把他刺傷了。”華俊聽到這裏，不禁慚愧，遂說：“對不起得很，原來還有這些原故。小弟實在不知，這總要怨我失查之罪。”遂就怒勃勃地叫上幾個嘍兵頭目來，說：“你們這些混帳東西，有人說出徐二爺來，你們不單不來報告我，竟私自把人家行李金銀全都搶上山來，還要打算搶人家小姐，真是可惡已極。我現在也沒功夫和你們搗亂，來把剛才搶得那個唐小姐的金銀行李，全都拿

出來，少一樣我就要你們的命！」那幾個嘍兵頭目不住
答應，並且說這事是老大教我們辦的，就憑我們哪裏敢
呢？華俊說：「快些把東西拿來罷，別在這兒瞎囉嗦
了！」當下那嘍兵頭目們，把剛才搶蝶卿、唐佐他們的
那些個行李、金銀一樣不短全都給拿出來。

是時凌鵬剛要向華俊告別，華俊說：「不要忙，我
得把這東西親自送回，順便給唐小姐賠罪。」凌鵬直
說：「不敢當。」那華俊卻直意要親自送去。他便同着
凌鵬下了山，帶着六個嘍兵，拿着那行李等物，出了山
口，一直往西。少時就到了蝶卿那裏，凌鵬上前給華俊
向蝶卿引見，互相見了禮。隨着華俊便把那些行李金銀
依舊交還蝶卿，請她點收。然後又說了些個賠罪的話，
那蝶卿也只管謙敬着說話。少時，凌鵬便向華俊說：
「老兄，你也回山吧，咱們弟兄後會有期。」華俊又
說：「將來你諸位到京中把事情辦完之後，如若由此經
過，千萬請到敝山，你我再盤桓幾日。」唐佐也說：
「此次多蒙先生維持，將來我們一定到寶山上給您道謝
去。」說着兩下分別。那華俊率領嘍兵回山，這裏唐佐
裝好了行李，便起程往北而去。由這次起，徐凌鵬便時
時刻刻跟着蝶卿眾人，再也不敢大意了。

　　一路之上，無話可敘，這天就到了北京，在前門外天橋附近找了一間店房住下，隨後就到刑部去打探竹襌的消息。原來竹襌在前十天就解到京了，現在在刑部監裏禁着呢。聽說有一位官員，與竹襌有舊，常常到監裏去看慰他，所以唐竹襌在這裏，很受不着什麼苦。蝶卿聽了，便點頭歎氣說：“不用說，這位官員一定是我那義父楚天瑞了。

　　正是：

　　　料得今朝愛護者，必是當年認義人。

第六章　　　炎涼世態堪使豪傑憤
潦倒病榻備受美人憐

話說蝶卿，聽說現在有一位官員，對於他父親常加照應，料定必是她早先的義父楚天瑞。於是她就打算明天先到刑部監裏去探望父親，然後再設法打聽楚天瑞的住址，好去拜謁懇托。當日無話，到了次日一清早，蝶卿起來，便叫唐佐跟着她，到了刑部。進去和監獄的人一說，打算探訪他父親，怎耐這裏的官人，非常傲慢，說：「不成，我們這衙門同不得別處，別處可以由家眷隨便看望犯人，我們這裏可有一定的日期，非得到日子不准放進！」蝶卿便問：「什麼日子才能准許探監？」那官人說：「非得到初一、十五才准看望。」蝶卿一聽，還有六天就到十五了，只得說：「那麼我們十五再來吧。」

說着便同唐佐無精打采地回去。單說淩鵬，他雖然身體強健，但是他一路保護蝶卿主僕，時時留心，連睡覺都不得睡，所以他精神便有些受了損失，又兼這時正在秋季，冷熱不定，所以他便自覺身體有些不爽。起初他只覺得頭暈，強自扎掙，後來漸漸渾身發懶，成天際只在炕上躺着，不願意起來。那蝶卿看着，心裏十分着急，趕緊請醫生給他調治。那醫生的本事也不很高明，只說他是受了些秋瘟，胡亂開了一個方子，便領了錢走了。唐佐給抓了藥拿回來，柳花給煎了，凌鵬服了，也不見好，只得向他們說：“不要緊的，我比早先覺得痛快多了！”當下無話。

過了幾天，便是十六日，一早蝶卿起來，便叫柳花服侍凌鵬，自己帶着梨萼，同唐佐到刑部去探監。出了店門，少時進了城，到了刑部和監獄一說，便有一個官人帶着他們主僕進到裏面。少時到了那監牢所在，蝶卿一看，這個監牢比安慶府衙內的監牢，覺得嚴肅得多，堅固得多。蝶卿到了此地，不禁暗自生悲，心說：“凡是犯人一到此地，恐怕就沒有生望了，可憐我的父親啊！”她一面想着，一面隨着那官人走到監前。這時監裏的禁子也把竹禪帶到鐵柵前，與蝶卿主僕相見。蝶卿主僕先行了禮，然後蝶卿又問道：“父親近來身體如何？”竹禪說：“久在監牢獄之中，如今倒不覺十分痛苦了。”又問凌鵬隨來沒有，蝶卿就把凌鵬怎麽途中保護，現在同自己住在一個店裏，只是他受了點瘟，身體

有些不舒服。竹禪聽了，很是感激，並說：「你對於他
須要不避嫌疑，好生服侍他，安慰他，因為他雖然是江
湖俠士，但是他少年飄零，風塵潦倒，難免心裏不痛
快。你們要常常安慰他，不必講什麼男女授受不親，回
避呢，拘泥呢，種種態度。因為他們這種俠義人心腸是
直率的，不會弄什麼虛假。」蝶卿唯唯答應。蝶卿又問
道：「聽說有一位做官的，常常來看望您，有這事
嗎？」竹禪說：「不錯，保定張蕭臣，早年我們是同
寅。後來他做了御史，我做了外官，所以我們便不常見
面了。如今他聽說我遭了官司，所以他很為我叫屈。除
去他常常到此來看我外，並且還申奏聖上，說我夙日如
何忠君愛民，此次如何冤枉，請求減輕治罪。」蝶卿
說：「原來是張御史，我還自當是我義父楚天瑞呢。」
竹禪冷笑道：「楚天瑞啊，其實他也在本衙門當差，他
從來也沒到這裏看我一回呢，這裏也有一個原故。」蝶
卿說：「什麼原故？」竹禪說：「因為我早先在湖南任
上時，那時耒陽有個知縣叫盧靜舟，此人極其貪贓。因
為他歸我管，所以我就常常、儆戒，監視他，未免就結
下點私仇。現在他做了本部的侍郎，知道我犯了這案，
解到這裏，所以他就打算報復前仇。前兩天把我帶到堂

上，他親自審問，對於我聲色俱厲，一點沒有情面，所以我想他就是我一個冤家對頭。大半楚天瑞所以不敢來看望我的原故，也許是怕被他銜恨上。”蝶卿說：“我想也不然。那麼張御史怎麼能常來看望您呢？”竹禪說：“你哪裏知道，張蕭臣那人素日忤奸斥邪，極其鯁直。再說他又是一位御史，權柄很大，所以盧靜舟縱是恨他，也不能奈何他。據我想我家和天瑞是多年至交，大諒他絕不能無情至此。他就住在後門外南鑼鼓巷中間，得功夫你可拜見他一番，看他如何。”蝶卿答應，遂又說：“我還打算到張御史府上拜謝拜謝他。”竹禪說：“這個你暫且倒不必，因為我還不知他確實住在哪裏。”蝶卿點頭，遂問談了一會別的事情，蝶卿就說：“我也走了，過些日子我再來。”竹禪點頭，蝶卿就出來了監牢的院子。

唐佐就悄聲說：“您得給這官人和看牢的幾錢銀子，將來好有個照應。”蝶卿隨即取出二兩碎銀子來，交給唐佐說：“你給他們吧。”這時那監獄的官人，也在後面跟着哪。唐佐就說：“老兄，我跟您說一句話。”那官人說：“什麼事吧。”唐佐遂就拿出一兩銀子說：“這是我們小姐的一點小意思，請您收下買幾包茶葉喝。」那官人說：「那如何使得？」唐佐一死兒請他收下，他才算收下，並說：「咱們一見如故，這點錢我本不應該收，不過你這麼執意地說，我不好過於推辭。以後咱們處處都好變通做事，雖然我們這兒定得是非得初一、十五，才准來探監，可是只要是我值班兒的日子，那麼你們可以隨便來。」唐佐連稱是是。那官人遂又向蝶卿請安道謝，蝶卿還禮。這裏唐佐又到了裏面，見了看竹禪那監的那個禁子，也給了他一兩銀子，求他多照應竹禪。那監子也假意地推卻了會子，然後就收下了，又說了些個情面話。唐佐出來，便與蝶卿一同出了衙門，雇上一輛轎車，直奔天橋店房而去。少時到了，下了車，蝶卿主婢進去。這裏唐佐給了車錢，也隨着進去。

今天淩鵬的病體，似乎較着減輕一些，聽得蝶卿主僕回來了，勉強扎掙着，惺惺悠悠地走到蝶卿的屋裏問說：「您到刑部見着老爺了沒有？」蝶卿就把剛才探監的一些情景，說了一遍，並說賄賂那官人和禁子的事情。淩鵬聽了，才覺得放心些，遂說：「據我想老爺這件官司雖然是很重大，但是設若此時有幾位忠耿的大臣，極力給他老人家鳴冤，我想一定不致於有什麼大罪名。張御史雖這樣忠義，只可惜一個人勢孤些。我此時是被病纏身，要不然我一夜的功夫，略施小術，包管叫幾個有權勢的大臣全都給老爺鳴冤，並且還要叫那盧靜舟把他那報仇的手段不敢施展。咳，空負這一身武技，兩臂的力氣。」他想到這裏，不由自己又是憤恨，又是感慨，遂又說：「於今之計，那麼只好您設法去找那楚天瑞老爺，請他設法在那盧靜舟面前，懇求懇求，請他釋開前隙才好。」蝶卿說：「這個好辦，回頭我吃完午飯，就到他府上拜見他去。我想他絕不致不見我這乾女兒吧。」

當下淩鵬依舊回到他的屋裏。待了一會，就到吃午飯的時候了。蝶卿主僕全都吃了午飯，然後蝶卿就叫唐佐出去上外面給雇了一輛車，又換上一身莊重華貴的衣服。少時唐佐回來，說把車雇來了。蝶卿依舊留柳花服侍淩鵬，自己帶着梨萼，坐在車裏頭，唐佐和那趕車的跨在車沿上，趕車的一揮絲鞭，直奔城裏而來。少時進了城，一直往北，直往後門外南鑼鼓巷而來，一路無話。走了多時，便到了南鑼鼓巷。進了南口兒，便向一個鋪戶打聽刑部主事楚天瑞的宅子。據那鋪子裏的人說，就在這北邊東那個大門裏住。唐佐道了一聲勞駕，遂又趕車往北，少時果見路東有一家住戶，是一間門洞很是寬綽。當下停住車，唐佐下去，一打門，少時裏面出來一個僕人，問道：“找誰？”唐說說：“你們這兒是楚宅不是？”那僕人點頭說：“是，你們有什麼事吧？”唐佐說：“我們是宣城唐竹禪老爺家裏的，我們小姐是你們這兒老爺的義女。現在我們小姐特來看望你們老爺。請你給回一聲。”那僕人說：“你們這兒等一等。”說着轉身進去。

這裏蝶卿看那個僕人的態度，不由歎道：“北京城裏這種官場惡習，看着真是可氣。不想我義父也染了這種習氣。”又待了一會，那僕人出來說：“我們老爺今天身體有些不舒服，不能見客。”蝶卿在車裏說：“你可以進去回稟說，我們不同別的親戚朋友，我是他的義女，就如是他親女兒一樣，我聽說他病了更待瞧瞧他。你進去再給回一聲兒去吧。”那僕人捏着鼻子又進去了，少時出來，態度比剛才較着發橫了，說：“我們老爺是睡覺了，誰也不敢驚動他。我們太太是行人情去啦，請您明兒再來吧。”隨着他便把門關上了。

　　這裏蝶卿在車裏氣得渾身亂抖，說：“想不到這楚天瑞如此負義，早先我父親在湖南做知府時，那時你和我家走得怎樣親近！如今我父親遭了這官事，還未見得是我來求你，不想你就這樣路人似的，拒絕不見我。可惜當初我給你叩那三個頭啊！”自己想到這裏，十分氣憤，本想再去叫門，和他們鬧一鬧。但是自己又是位小姐，身分是要緊的，於是只得捺下這口氣去，向唐佐說：“我們走罷。”唐佐這時也是十分生氣，說：“這真是豈有此理，楚老爺早先不是這樣人啊！怎麼會做了這麼一個小官兒，就長了這麼大的脾氣呢！”蝶卿在車裏說：“走吧，我們回去吧！”她說到這裏，聲音便有些悽楚了，只管氣得哭泣。算是梨萼在旁直勸，說：“這種炎涼小人，我們只不必理他了。他既不認您為義女，那您只好也不認這個義父了，你何必哭呢！”蝶卿一聲不語，只管在車廂裏暗自流淚。這時唐佐也上了車，趕車的抹過車來，依舊順原來的道路回去。一路之上，無話可敘。

　　少時回到天橋店房門首，全都下了車，梨萼的攙着蝶卿進去。這裏唐佐把車打發了，然後也隨着進去。這時凌鵬便在屋裏叫道：“大管家，大管家！”他的聲音很小，唐佐耳朵又沉，所以沒聽見。算是蝶卿聽見，自己趕緊出了屋子，到他住的那屋裏。這時淩鵬正在炕上躺着呢，一看是蝶卿親身來了，趕緊坐起身來，還要下炕。蝶卿說：「您歇着您的。」隨着坐在炕頭，說：「您現在覺得身體好一點了吧？」淩鵬說：「好一點了，剛才您見着那楚老爺沒有？」蝶卿說：「咳！」轉又想到，「自己要把剛才那情景對他說了，他一定要生氣。他這病身子，豈能禁得住氣呢！」遂就改口道：「我今天去了，據說他上衙門了，只得明兒我們再去吧。」淩鵬點了點頭。蝶卿恐怕自己在這裏他拘泥，遂說：「您躺着吧！」轉身就回自己屋裏去了。這裏淩鵬看得剛才蝶卿對待自己那種體貼的情意，他雖然是個江湖的豪士，心腸直爽，但是到了此時，也不由有些情不自禁。這時又聽那蝶卿屋裏，仿佛柳花的聲音說：「這位楚老爺早先上咱們家裏去，那人有多麼和藹啊，真是一點習氣也沒有。不想現在居然會變得這樣！」又聽蝶卿的聲音說：「今天的事情你還沒有親眼看見呢，氣得我真想要闖進門，跟他們鬧一回！但是我又不愛丟這身份。現在倒頂好，他也不認識我這義女，我也不用認識他這義父了！」

　　淩鵬聽到這裏，不由暗自想道：這是怎麼回事呢？莫非那楚天瑞有什麼不念故交的地方嗎？怎麼唐小姐不跟我提呢？咳，她一定是怕我聽了生氣，所以她不肯跟我說。這時候唐佐進到屋來，說：“二爺，您現在身體覺着好一點沒有？”淩鵬說：“現在到舒服一點了！你們剛才上楚老爺家怎樣了？他有什麼辦法沒有？”唐佐說：“咳，你就別提了！這時候真是世態炎涼，義父義女都如同路人了！”就把剛才怎麼到南鑼鼓巷找着那楚家門首，不想他們打發出一個底下人來，據說他們老爺現在睡覺了，太太行人情去了，叫我們明兒再來。我們看那樣子分明是他不肯見我們，所以我們一賭氣子就回來了！淩鵬一聽，不由大怒說：“這種世態炎涼的小人真是可恨！只可恨我此時病體沉重，要不然我登時就找楚天瑞家裏鬧一番去！”他想到這裏，把臉都氣白了。唐佐說：“您也不犯生氣，我只盼您快些好了，我們什麼氣也不用受了！”淩鵬氣得也不言語。

　　他本是個豪傑漢子，生平做事從沒耐過氣兒。如今竟叫他在這病床藥灶中度了這些日子，他心裏焉能不急躁呢？如今聽了這些事情，他心裏如同着了火一般，當日就覺得十分不舒服，到次日越發病得沉重了，連扎掙都不能扎掙了。唐佐和他在一屋裏日夜服侍他，連勞累帶受他傳染，不到幾天也病了，他自己還扎掙不了，焉能再服侍淩鵬呢？所以只仗柳花梨葶給他們煎藥調劑。蝶卿也是一點也不避諱，服侍他們，尤其她對於淩鵬，常常用那誠懇的情，溫存的言語勸慰。唐佐病了四五天就好了，淩鵬又病了十多天，才能下地，支持着行走。起先還拄着根棍子，後來就漸漸復原了。雖說是復原，但是已然骨瘦如柴，不似原先那樣雄壯多力了，蝶卿還勸他要多加保養。

這天他一個人到刑部去，進了監獄，提說要看望那唐竹禪。那監獄的官人說：“我們這裏除卻初一十五，不准人探監。”淩鵬聽了，心裏十分生氣，暗道這真是豈有此理，自己本想和他們吵一回，一來因為這刑部素日是個最兇惡的衙門，你只要是惹他一點，登時就得收監，定了罪名就不小；二來自己此時病體初愈，身弱力微，鬥起氣來也不容易占勝，只得勉強忍下這口氣。回到店裏，蝶卿知道他去探監，那班頭沒有叫他進去，遂說：“您不曉得，衙門裏的事，沒有錢不成。我早先乍探監的時候，他們也拿這話拒絕我，後來我常常給他們些個銀子，把他們買通了，現在我就是一天去兩次，他們也不能攔阻我。明天早晨您跟我一塊去得了。」淩鵬聽了，不勝感歎。當下無話。

到了次日，一清早蝶卿起床，梳洗已畢，便帶着梨萼，同着淩鵬、唐佐，一同出了店房，雇了兩輛轎車，就一直進了前門，直奔到刑部。在門前下了車，一同進去。那值班的衙役正在門前，一見蝶卿來了，遂說：「唐小姐您來了。」蝶卿很和藹地說：「我們到監裏看看去。」那衙役點頭說：「很好，您去吧。」隨着蝶卿眾人在前，衙役跟在後面，一會兒功夫便到了監牢的院裏，見了唐竹禪。

竹禪見着淩鵬，真是感激流涕。然後又問他的病體如何？淩鵬說：「我現在到是完全好了。」又問竹禪現在的官事怎麼樣？竹禪說：「我近來的官事可十分險惡，因為本部的……」說到這裏，他便低下聲音說：「本部侍郎盧靜舟，和我有些私仇，所以如今他要藉端報復。幸有御史張肅臣，對我這案子時常向聖上保奏，怎奈這盧靜舟從中阻撓，甚至要和張肅臣誓不兩立。所以我恐怕將來我的官事要有些不好。」淩鵬慨然道：「不要緊，我現在病體一好，就都好辦了。」遂又問盧靜舟和張肅臣兩人的私宅在哪裏。竹禪說：「張肅臣在齊化門內新鮮胡同，盧靜舟我可不知道。」凌鵬說：「我自有辦法。」

蝶卿又和他父親說了些別的話，那竹禪就催着他快些回去。蝶卿就別了他父親，與凌鵬唐佐梨萼一同出了監牢那院子。唐佐又偷偷地給了那衙役幾錢銀子。凌鵬遂又過去問道：「喂，老哥，我得跟你打聽一件事情。」那衙役說：「什麼事，您說吧！」凌鵬說：「我打算到本部侍郎盧靜舟老爺那裏疏通疏通事情，但不知他的府上在哪兒？」那衙役說：「他的住宅就在西城白塔寺後面，路北頭一個門，門口有三塊匾，兩塊上馬石，很容易找的。」凌鵬點頭說：「勞您駕！」當下同着蝶卿主僕，出了刑部衙門門首。凌鵬就向蝶卿道：「你們先回去吧，我還到北邊找一個人去。」蝶卿說：「那麼您回頭得什麼時候回來呢？」凌鵬說：「一會兒就回去。」說着他揚長往北面而去。

正是：

敢憑俠膽忠誠血，去訪狼心刁險人。

第七章　　　徐淩鵬大鬧侍郎第
唐竹禪瘦死刑部監

　　話說蝶卿看得淩鵬走了，她也鬧不清楚他到底上哪兒去，自己只得上車，同着唐佐梨蕚回去。再說淩鵬，出了刑部，一直往北，順着西長安街往西，然後又往北走了半天，才到了阜成門內白塔寺。走到後面一條胡同裏，就見西頭路北一家大門，門外兩塊上馬石，門洞有三塊匾額，當中是《上忠下懷》，兩旁是什麼進士一甲等等字樣。門洞兩條大長板凳，上面坐着三個僕人樣子的人，正在那裏閒談呢。淩鵬上門抱拳說："借問老哥，此處是盧侍郎的住宅嗎？"那三個僕人一看他是個鄉下人的樣子，不由有些小看他。遂就全都似理不理的樣子。有一個人答話道："不錯，你有什麼事罷？"淩鵬說："我是湖南人，早先盧老爺曾做過我們縣裏的縣太爺。現在我來到京都投親不遇，沒法子生活，我只得來告幫。求盧老爺幫我幾兩銀子，我好回家，或是在京都做個小生意。"那僕人聽他說完了，不由卟哧一笑，說："你真是枉想！我們老爺早先在湖南做知縣，你不過是個小民，從來又跟你沒有一面之識，如今焉能幫你呢？你快些走開罷，我們老爺現在官事太忙，哪有閑功夫管你這些臭事呢？躲開罷！我看你這人也很老實，不必找不自在。」淩鵬聽了，心裏自然是生氣，不過自己現在是另有用意，如今只要是把這盧靜舟的住址探實了，就得了，何必同他們底下人惹這閒氣呢。於是他只得耐下氣去，下了臺階。那三個人還在那暗笑。淩鵬就圍着這所宅子繞了一個灣兒，他就把這宅子的大概形勢記在心裏，然後便順舊路回去。

少時出了前門，直到了天橋店房裏進去。到了屋裏，那唐佐便問道：「您上一趟哪兒啊？」淩鵬說：「我找一個朋友去了，不湊巧，他出門有事去了，我只得晚晌再去罷。」唐佐點了點頭。當下無話，少時吃過了午飯，那淩鵬就歇了一個午覺。少時醒來，天色已快到日暮的時候了。又待了一會兒，少時吃過晚飯，他就暗藏短刀，以及自己隨身應用的器具。隨着就向唐佐說：「我還得進城找人去，不定什麼時候才能回來，你晚間睡覺不用關屋門了。」唐佐答應。

　　淩鵬便出了店門，直往正北而去。走在前門臉兒，那邊便停着幾輛轎車，全都張羅人，說：「要車不要，進城帶腳兒啊！」淩鵬說：「白塔寺多少錢？」有一輛車的趕車的說：「我上西城帶腳兒，您給一吊五罷。」淩鵬說：「哪有那麼貴的價錢，給一吊罷！」說完邁步就走，走了幾步，那趕車的便說：「站住罷！」淩鵬就站住了，等那車趕將過來，隨着淩鵬上了車。車箱裏雖然沒有人，但是淩鵬他不願意在裏頭坐着，自己遂就在外面跨着。那趕車的一揮絲鞭，就一直進城內而去。

　　一路無話，走了多時，才到了白塔寺。淩鵬下了車，給了車錢，這時天色不過剛黑。淩鵬暗道，這時候要到人家宅子，怔跳牆進去，那如何成？我總是找個地方耗一會才好。於是就往西走去，走了不遠，見路南有一個小茶館，裏面燈光很亮。淩鵬就走到近前，一拉門，進去一看，裏面有許多人，都是做苦工的，以及街上土混伙的樣子，幾個人在那裏圍着一張桌子，又說又笑。淩鵬遂也在迎門一張沒有人的桌子旁邊坐下，教夥計拿過茶壺茶碗來，給沏了茶，淩鵬就慢慢倒着喝，一邊聽那些個說話，倒也不甚寂寞。

　　待了少時，天色就到了十點鐘前後了，茶館裏面的喝茶的，也漸漸的散去多一半了。凌鵬付了茶錢，出了茶館，一直奔到白塔寺後街。一看那盧靜舟的宅子，早已朱門雙閉了。凌鵬看得四下無人，遂就一越上了牆頭，覺得兩條腿發笨，暗道，我這場病帶累得兩條腿全都發笨了，可見我到如今還沒還原呢。想到這裏，不由有些生歎。遂着由牆上房，在房上慢慢爬，由房上又過了屏門，遂就跳到穿廊的頂兒上，一直往後走去。

　　少時又過了兩個院落，就到了裏院，這時就見東邊三間屋子裏，溢出一種特別氣味，仿佛燒了什麼東西的煙味似的。猛然想起，這不是鴉片煙味兒嗎？遂一躍而下，推着窗戶縫兒往裏一看，只見裏面陳設得十分闊綽，木炕上放着一份很講究的煙具，側臥着一個二十來歲的少婦，正在那兒吃煙呢，旁邊還有一個三十來歲僕婦伺候她。凌鵬暗道，這是他的姨奶奶吧，我何不進去問問他們老爺住在哪屋呢？於是就抽出短刀，把門一拉。裏面那僕婦問道："誰呀？"凌鵬便不答話，大踏步進去。那僕婦正自給那姨太太燒煙呢，忽然回頭一看，進來一個少年漢子，不由嚇了一大跳。嚷道："嗳喲！"凌鵬把刀背向她脖子上一拍，說："不准嚷嚷！"這時那位姨太太也坐起身來，嚇得呆呆地瞪着眼睛，不敢做聲。凌鵬說："我問你，你們老爺現在住在哪屋裏，我和他借點盤纏，絕沒什麼惡意。你要據實告訴我，要不然我非要你們的命不可！"那個姨太太不敢不告訴，遂就戰戰兢兢地說："大半我們老爺在裏面東跨院北房，二姨太太屋裏了吧。"凌鵬點頭，他又囑咐她們不許嚷嚷，要不然可要你們的命，那姨太太和僕婦連說不敢。凌鵬便出了屋子，直奔後院而去。他走起路來，一點聲音沒有。只恨這時正在十一二日，天際的月光很亮，所以他不得不四下留神，恐怕有人看見自己。

剛進了裏院那個屏門，往東走了不遠，忽聽微有一類風聲，凌鵬心說，不好！隨即一抬手，正正接着一支鏢。抬頭一看，只見西房頂兒上，伏着一個人，大喊一聲："小賊別走！"掄着一口短刀飛身而下。凌鵬一點不動身，把刀一橫，等到那人下跳下，來到了臨近。那人的刀摟頭就剁。凌鵬用刀相迎，往來戰了二十來合。凌鵬一看此人本事雖然是受過好傳授，究竟手腳不俐便。這要是往日，自己早就勝了；只是自己此時病剛好，所以力量微，又加這人一面交着手，一面打着呼哨。凌鵬知道這是護院的人暗令，心說不好。這時前後院鑼聲俱起，人聲吶喊，凌鵬暗道，我今天算是白來了，不如趕緊走罷。說着他便一掉刀，緊走幾步，那人在後面緊追。凌鵬隨着飛身上房，那人剛要追上去，凌鵬往下一鏢，那人不提防，正打中肩頭，嗳喲一聲栽倒，凌鵬遂就穿房越脊而去。少時前後院護院的拿着兵刃趕到，那凌鵬早已沒有蹤影了，只得把那受傷的鏢起下來，抬着他到前院屋裏上藥養傷去罷。

原來這個受傷的人名叫馬鳳軒，外號人稱鐵嘴鷹。他是河南著名拳師欒鴻的徒弟，所以他的武藝很有根底。他在盧靜舟家裏護院，二年之久，雞犬不驚，不想如今遇着徐凌鵬，左肩頭上受了這一鏢。當下他的徒弟和盧家的僕人，把他搭到外院他的臥室裏。鳳軒坐在炕上，他徒弟給他脫去一隻袖子，露出膀子來，敷上些個刀創藥。鳳軒便擺手說："你們不要驚慌，我這傷不要緊。不過這個賊人欺我太甚，我想他明天晚晌必要還來，我非得與他決一雌雄不可。"眾徒弟齊說："老師何必如此生氣，明天他要再來，我們把他拿住得了！您先養您的傷罷。"馬鳳軒說："你們哪裏知道，我看這個賊人武藝超群，一定不是什麼無名之輩。"旁邊有一個僕人說："今天白天還有一件可疑的事情。"於是就

把今日白天門首有一個二十上下的鄉下人，來向老爺告
幫的事情，說了一遍。馬鳳軒說：“如何如何？我看這
賊人絕不是那些穿窬之盜可比，這其中一定另有原故，
非得問老爺才知道呢。”當下眾徒弟和僕人，全都各自
回屋睡覺去了，這裏馬鳳軒也勉強忍着疼痛睡下。

　　當晚無話，到了次日一清早，那盧靜舟便到了馬鳳
軒的屋裏，說：“昨夜我聽說您因為捉賊受了鏢傷，我
十分不放心。不過那時我已然睡下了，又因為慎重起
見，所以我沒有出院來。但不知您受的傷重不重？”鳳
軒說：“不重不重。不過一節，我看這賊人刀法純熟，
看那樣子絕不是平常的盜賊可比，所以我很納悶，不知
您在江湖間有什麼仇人沒有？”靜舟聽了，心裏自然也
是十分忐忑不安，勉強鎮定說：“我在外做官四五年之
久，平日做事從不循私，難免招惹着一些江湖強盜。但
是我居心無愧，就是有賊人把刀放在我脖頸上，我也敢
正色對他。”鳳軒說：“不要緊，昨天我是一時不小
心，被他傷了。今夜我非得把他擒住不可。”靜舟又安
慰他一番，自己便回裏院去了。這裏鳳軒又把自己的肩
頭上了些個刀創藥，然後又告訴他那些個徒弟，今晚怎
麼防備賊的方法。當下無話。

　　再說那徐淩鵬，昨天一鏢打倒了馬鳳軒，自己跳出盧家的宅院，順着舊路回前門外天橋而去。他一路走着，心裏十分不痛快，暗道，我從來做事沒有一回辦得不痛快，不想今天遇着這麼一個無名小輩，累得我白跑一趟。想到這裏，心裏十分生氣。一路無話，少時到了自己住的那家店房，跳牆進去到了院內，一拉自己和唐佐住的那間屋子的屋門，裏面唐佐就挑起燈來，由炕上爬起，問道：“誰呀？”淩鵬說：“是我。”唐佐說：“噯呀，您怎麼這時候才回來呀？”淩鵬說：“對了，我和那朋友多談了一會。”一面說着，一面把身上帶着的器具全都收起，然後便脫衣上炕睡去。這裏唐佐起來，關好門，依舊把燈縮下，然後就沉沉睡去。

　　當夜無話。到了次日，那淩鵬因為病體初愈，昨天夜內又受了點累，所以身體很是不舒服，直到九點鐘還沒有醒。那唐佐同着蝶卿梨蕚，又到刑部監內去了一趟，見了竹禪。那竹禪面色慘白，直說近兩天盧靜舟怎麼苛待自己，自己現在怎麼身體覺着十分不舒服。說得蝶卿不住痛哭，但是也沒有辦法，只得勸他父親好好養給，並託付禁子多加照應罷了。少時她別了她父親，同着梨蕚唐佐，出城回天橋店房而去。

　　少時回到店房裏，她越想越慘，不禁大哭。唐佐柳花梨萼全都苦苦相勸。凌鵬這時也起來了，過來解勸她，並問到底是為什麼原故，她這樣傷心？梨萼就把她們老爺因為被那盧靜舟苛待，病在監裏，所以她們小姐才這樣傷心的事情，對凌鵬說了一遍。凌鵬聽了，十分發怒。暗道，不想這個盧靜舟如此可恨，今夜我非得還去一趟不可。當下他便安慰蝶卿一番。自己回到屋裏，越想越是生氣，轉又想道：昨天我所以不得下手的原故，就是因為有那個護院的。但是昨天我已然把他打了一鏢，大諒他非死即傷，今天絕不能再攔阻我了。當下他便定了主意，晚間到盧家務必強迫着盧靜舟，叫他設法援救竹禪，否則說不得必要把他殺死了才成。

　　當下無話。凌鵬白天睡了半天，到了下午四點多鐘才醒，又到外面閑溜了會子。少時天色漸漸的就黑了，吃過了晚飯，又歇了一會，便收拾好了隨身的一切東西，然後便向唐佐道：“我還得到外面辦點事情去，大半在一點前後一定可以回來，你回頭還不用關屋門得了。唐佐也不便追問他到底是辦什麼事情去了，只得連連答應。凌鵬便出了屋子，飛身上房，出了店房，順着大街直奔正北而去。少時進了前門，過刑部街，順着長

安街往西，由西往北，直奔白塔寺而去。一路無話。約
莫在十二點鐘前後，便到了白塔寺後，盧家門首。他這
次不從前面走了，他卻繞到後牆，看得四顧無人，跳到
牆上，由牆上跳下一看，原來是一個小跨院。隨着出了
這跨院的門，又過了一層空院子，便順着穿廊往前走。
忽見廊子下蹲着兩個人，旁邊放着一個燈籠。

　　淩鵬知道他們一定有了防備，趕緊退回身去，然後
飛身上房，由房上到了廊子頂兒上，就伏着身直奔前院
而去。少時到了前院一看，只見北房屋裏，燈燭輝煌，
仿佛有人說話的聲音。當下淩鵬就慢慢由廊子頂上爬
下，一直到了那北屋的窗戶前面。用指甲蘸吐沫，略微
把窗戶紙戳了一個小窟窿，扒着眼睛往裏一看，只見屋
裏陳設得十分款式，梗木桌旁，兩張梗木椅子。對面坐
着兩個人，一個年約四十來歲，兩撇黑鬍子；一個年約
三十來歲，沒有鬍子的黑胖子。兩個人全都抽着水煙，
旁邊有僕人伺候着。那黑胖子便說：“據我看要參張蕭
臣，很不費事，只要在穆王爺跟前託付好了，我想就成
了。”那有鬍子的人又說：“其實我跟張蕭臣夙日並沒
有什麼不解的仇恨，不過此次他極力護庇唐竹禪，造出
許多謠言說我不好。我要不趕緊先設法制他，將來必要

被他所制。”那黑胖子又說：“據我看唐竹襌或者不至於定死罪罷。”那有鬍子的人微微冷笑道：“據我看他縱然不受典刑，也恐怕不能活多少日子了。”那黑胖子說：“這是什麼原故呢？”那有鬍子的人說：“現在唐竹襌已然病在監中，我趁此時略施手段，包管叫他瘦死在監內。”說完撚須微笑，仿佛心裏十分得意似的。凌鵬在窗外聽到這裏，十分氣憤，暗道，此人一定就是盧靜舟了，聽他說的這樣話，真可謂人面獸心。我索性進去把這狠毒的小人殺死了罷！說着他就抽出短刀，一拉風門邁步進去。這時屋裏那盧靜舟一聽門響，一看忽然進來一個人，手挺一口光亮亮的鋼刀，他登時手足失措，大喊一聲：“有刺客了！”那個黑胖子和僕人一齊往牆角去躲。凌鵬說：“不許你嚷嚷。”說時，一刀正刺在那盧靜舟的左肋，那盧靜舟登時怪叫一聲，肋下流出血來，倒在地下，不能動轉。這時外面鑼聲四起，凌鵬暗道，這盧靜舟一定死了，至於那黑胖子和那兩僕人，自己當然不必殺他們了。趕緊出了屋，飛身上房，蹬房越脊出了這盧家宅院，一直奔到白塔寺廟裏。跳上白塔，歇了一會，把那刀上的血擦了擦，然後跳下塔去，出了廟，就順着舊路，直奔天橋店房而去。

　　再說那盧家一些護院的把式，聽得盧靜舟喊嚷有刺客了，登時敲起鑼來。馬鳳軒手提一杆花槍，率着幾個徒弟跑到後院，各處一搜查，哪裏有賊人的蹤影呢！這時屋裏進去幾個僕人，一看老爺躺在地下，只管哼哼，流了一地血。那位黑胖的禮部主事柏錫禎和兩個僕人，全都躲在牆角，面如土色，連話都說不出來了。這時馬鳳軒也進來了，一看盧靜舟的刀傷，雖說不輕，但是不是致命之處，所以不致有什麼性命之憂。那個黑胖的人，是禮部主事柏錫禎。他本是靜舟的同寅，兩人素日臭味相投，往來十分親近。不想今天錫禎到這裏來二人閒談，就遇着這暴客。所幸錫禎沒受了傷，但是他吃這一嚇也不算輕。起初他還以為靜舟是死了呢，後來聽說他的傷不算致命，他才放了點心，遂就命僕人把靜舟搭到裏院他夫人的屋裏。他夫人和他的四個侍妾，全都給他敷藥，遂又命僕人到外面趕緊給找一個傷藥來，給靜舟調治。那柏錫禎這時心裏算是坦然點了，可是煙癮又犯起來了。當下抽了兩口煙，才叫跟着來的僕人去叫趕車的套車，回他的宅子去了。

這裏盧家足亂了一夜。到了次日，靜舟也不能上衙門了，但是鬧刺客的這件事情，還不敢傳揚出去。盧靜舟只得一面推病謝客，一面叫馬鳳軒設法去訪拿刺客。這時最是馬鳳軒心裏難受，他暗道，誰不知道我在盧侍郎宅裏護院，如今我不但不能把賊人拿住，反叫賊人把我們老爺刺傷，我這一世英名算掃地了！咳，這個賊人真是欺我太甚，我非得先設法訪查出他到底是什麼人物，然後再設法拿他。於是他就天天到街市上去暗自尋訪，這且不提。

再說那徐凌鵬，他那天回去的時候，已然是一點前後了。心裏自然是非常痛快。到了次日，他便到白塔寺後盧家一看，並不像辦白事的樣子。暗道，"莫非那盧靜舟沒死嗎？咳，早知昨兒晚間多刺他一刀，如今留着他到是後患！"想到這裏，不由有些遺憾。少時回到店裏，無話可敘。

一連過了四天，這天午後約莫有兩點鐘前後，忽然店門外有一個刑部的衙役，來找蝶卿。蝶卿叫唐佐出去一問，那衙役說："你們老爺唐竹禪由昨日晚間便是昏昏沉沉，剛才直喊心口痛，嘔了幾口血便死了。"唐佐一聽，就仿佛半天中打了一個霹雷似的，趕緊說：「勞您駕，你不進來坐着了？」那衙役說：「不价了，回頭你們要領屍首去，先到監獄找我得了。」唐佐連聲答應，便跑將進去。見了蝶卿，便說：「姑娘……不好了……剛才老爺在監裏吐了幾口血死了！」蝶卿一聽，心如刀絞，登時放聲大哭。柳花梨萼也在旁跟着哭。唐佐一面哭着，一面說道：「小姐啊，您哭會子也是無濟於事，咱們還不趕緊到監裏領屍首去嗎？」蝶卿一面哭着，一面答應。這時淩鵬聞得哭聲，趕緊過來相問。唐佐就把剛才刑部的衙役來送信，竹禪身死的事情說了一遍。那淩鵬聽了，也不禁落淚，說：「事到如今，沒有法子了，只得把他老人家的屍體領回，再說罷。」蝶卿一面哭着，一面叫唐佐出去雇車，自己又擦了擦臉，便帶着梨萼出了店房，上了車。那唐佐跨着車沿兒，趕車的一搖絲鞭，就直奔正北而去。

少時進了城，到了刑部門外，蝶卿梨萼唐佐下車進去，先到監獄，見了剛才送信的那個衙役，把他們帶到裏面。這時他們已然把唐竹禪的屍首搭到一間別的屋子裏去了，那衙役引他們主僕到了那屋裏。蝶卿一見他父親躺在地下一塊破板子上，身上蓋着那身破舊的衣裳，面如青紙，微閉着二目，口上的血痕還沒刷洗乾淨呢。有個看屍首的人說現在已死的犯人，已由忤作驗畢，屍體可在三日內具結領回。蝶卿一面哭泣着，一面叫唐佐出去給買棺材壽衣。待了一會，那淩鵬也來了，看見竹禪的屍首，也痛哭一場。少時唐佐回來，據說把棺材已然抬來了，於是先給竹禪穿上壽衣，蝶卿具了結。少時杠房的杠夫，把那棺材由旁門抬進，把竹禪成殮起來，由旁門抬出。

唐佐已在順治門外法輪寺，找好停柩的地方。當下蝶卿等跟隨，出了順治門，又走了一會，便到了法輪寺。那廟裏的和尚，早已把屋子騰出，大家看着把竹禪的靈柩停好，把杠房的人打發走了，焚化些個燒紙，大家又哭了一場，便叫和尚暫且把那停柩的屋子鎖上，然後又到禪堂裏落座。歇了一會，定於得後天嗒經接三。諸事已畢，便乘車仍回天橋。到了店裏，主僕依舊不勝悲哀。當下無話。

到了次日，蝶卿主僕依舊到廟裏去，給他父親的靈柩去燒紙祭奠，免不得又哭泣了會子，值到日暮方才回去。到了次日，一清早便來到這裏，穿着孝衣跪靈。是日紙幡飄飄，素燭黯黯，十分淒涼，一個來弔喪的人也沒有。蝶卿不由想起她自己家庭中早先的繁華煊赫，現在的淒苦零落，不由極為傷心，哭了個死去活來。唐佐柳花梨萼在旁百般相勸，她依舊是哭個不住。

正在這時，忽然外面進來一個火工居士，跑進來向唐佐說：「大管家，大管家，現在廟外來了一位老爺，帶着幾個底下人，自稱是張宅的張大人，特地來這裏弔祭唐老爺。」唐佐聽了，趕緊跑出去一看，廟門外停着兩輛轎車，有三四個男僕。唐佐上前說：「你們幾位是由哪裏來的？」有一個僕人說：「我們是新鮮胡同御史張大人那裏的。現在張大人聽說唐老爺的靈停在這裏，特地前來弔祭弔祭。」唐佐說：「好極了，好極了，不過我們小姐正在跪靈，不能親自出迎。」那僕人說：「那倒不敢當。」那張御史下了車，唐佐一看這個張肅臣，年紀不過四十來歲，面目生得十分祥善。唐佐上前行了禮。張肅臣很和藹地略一點首。唐佐便在前引路，進了廟門，到竹禪停靈的地方。那張肅臣一見竹禪的棺材，緊走了幾步，扶着棺材，放聲大哭。蝶卿也在旁跪着陪同哭泣。良久，經唐佐和淩鵬百般相勸，肅臣才算止住了哭聲，行了祭禮。一面拭淚，一面和蝶卿談話。

　　蝶卿又說：“素日常聽先父說，您對於先父時加照應，我本應當早就到您府上拜謝，只是因為我只顧奔波先父的官司，所以總沒得暇到您府上去。”蕭臣說：“侄女不要客氣，我與你父親早年同寅，交情很深。後來他到湖南去做知府，道途遙遠，我們兩人才彼此疏遠些。如今他被奸人所害，遭了這檔官司，我身為御史，不能黜奸崇正，以致你父親瘦死獄中，我已是自覺很感愧了。”蝶卿說：“先父一生只吃虧恃才傲物，如今雖然死在獄裏，但是我還覺得很是萬幸。據我想，倘或我父親現在不死在獄裏，將來不定得叫仇人害到什麼地步了！”說到這裏，不由又哭泣起來。蕭臣也不由長歎道：“咳，這個時代，小人一朝得勢，便傾害良善。一些皇族顯宦，又多半助桀為虐，叫我們這稍有人心的人，真不能立身朝廷了。”說完不禁唏噓。

　　淩鵬在旁聽着，不由勃然大怒，捋着胳臂說：“張大人不要發愁，請你把這些貪官汙宦的姓名住處告訴我，我管包在十天內，就把這些敗類全都除盡！”蕭臣一聽這人說話很是慷慨，遂就上下打量了淩鵬一番，說：“閣下貴姓？”淩鵬說：“在下姓徐名叫淩鵬，別號人稱小二郎。”那蕭臣一聽，不由愕然說：“噯呀，您就是江湖聞名的著名拳師徐先生啊，久仰久仰！"淩鵬抱拳說："不敢當！不過我常在江湖上廝混而已。"蕭臣點手說："您隨我來。"說着轉身直奔到北邊大殿裏，淩鵬也隨着進來。二人坐下，蕭臣就說："我早日曾在江西做過一任小小官職，久聞閣下大名，不過總未得機會見面。現在這個時代，我輩無拳無勇的人，處處受人的淩辱。閣下身負絕世本領，目睹此不平之事，不知有什麼辦法沒有？"淩鵬微笑道："我剛才沒和您說嗎，只要是您把當朝這些個貪官汙臣的姓名住處告訴我，我包管在十天以內，把他們一齊除掉。"蕭臣說："現在朝中未嘗沒有良善之士，不過現在有兩個人，要不把他們除掉，將來恐怕朝中良善之士，盡無噍類矣！"淩鵬說："哪兩個人？"蕭臣說："一個是當今的皇叔穆親王，他住在後門外鼓樓東，他在當朝執掌軍機大權。各部的尚書侍郎，如同是他的家奴一般，沒有一個不隨他驅使。尤其是現在的刑部侍郎盧靜舟，諂媚穆王無所不至，那穆王也十分喜歡他。當竹禪在世時，曾做過湖南一任知府，那時這個盧靜舟正在竹禪治下做知縣。靜舟是生來的貪婪，所以有些個劣跡被竹禪查看出來，未免就對他有所警告。所以他那時心裏必然是有些懷恨。不過因為他那時在竹禪的治下，所以他不能施什麼手段。後來他巴結到刑部侍郎，竹禪就退職了，要是竹禪長久地隱居林中，他還想不起報復。不料竹禪又遭了這檔官司，正落在他手裏，所以他才想起前仇，因之對待竹禪分外苛薄。我屢次上摺子保奏竹禪，全被他唆使穆王，不單不准呈子，反倒說我袒護逆犯。我連怒帶氣，病了許多日子。如今聽說竹禪瘦死在監內，停靈在法輪寺，我所以才趕緊來這裏弔祭。據我想着，竹禪此次身死，還許是被他給謀害的呢！」淩鵬一跺腳說：「一定是了！不瞞您說，我在前兩天曾深夜到那盧靜舟家裏，刺了他一刀，可惜沒有刺死。這一定是他以為我必是竹禪那方面的人，特地找他來復仇，所以他才害死竹禪。現在只可惜我身體尚未十分復原，要不然這些區區小鬼，我早就把他們除掉了。現在這麼辦吧，我在今天夜內，一定把那穆王和盧靜舟全都殺死，為竹禪報仇，給國家除害！」張蕭臣說：「您可要小心仔細啊，就我所知道的，穆王家裏養着的打手就有七八十人，武藝超群的把式就有十幾位；就是盧靜舟家裏，聽說也有幾位有名的護院把式。」淩鵬搖頭冷笑道：「不要緊，盧家有幾個護院的雖然本領不錯，但是比起我來還差得遠呢。前幾天晚間我去，打算尋那盧靜舟逼着跟他要幾個條件，不想就遇着他，被我打了一鏢，多半是非傷即死。」張肅臣說：「閣下的本領固然高強，不過也要處處加些小心才好。」凌鵬說：「不用多囑咐，我自有辦法。」

說完二人依舊到了靈前，又和蝶卿談了些將來運靈回籍的事情。蝶卿說：「打算過上一月半月的再南下。」少時那肅臣告辭出門，乘車而去。這裏少時紙糊的車馬也全都送來了，待到日暮，本廟的和尚嗺經，把紙車紙馬搭到北城根去焚化。少時回到廟裏，和尚又放起焰口。

凌鵬就向唐佐說：「我回一趟天橋，到店裏取一件東西去。」唐佐說：「我給您取去好不好？」凌鵬說：「不用，我走得快。」他出門雇上一輛轎車，直奔天橋而去。少時到了天橋自己住的那店房門首，進去先把自己住的那間屋子的鎖打開，然後進去點上燈，就把自己一身很利便衣裳穿上，又帶上自己應用的東西，便依舊滅了燈，出了屋子，向店家說：「我們明天早晨才能回來呢。」店家答應。凌鵬把屋門鎖上，然後出了店門，就直奔正北而去。少時到了前門臉兒，這時因為天氣已正二更多天了，所以前門已然關了城門了。凌鵬就順着城往西，找了個僻靜所在，由身邊取出搭鈎來，搭在城上。然後緣繩而上，到了城上把繩子解下，又由那邊緣繩而下。然後收起繩子，一直往正北而去。

一路無話，少時到了鼓樓大街，在路上遇見一個行人。他便上前問道：“勞駕，穆王府在哪裏？請您指給我，我因為有個同鄉在他府裏打雜兒。”那人說：“就在這西邊路北那個大紅門便是。這時有十一點多鐘了，人家早把府門關上了，依我你明兒再找人去罷。”凌鵬故意裝怔說：“我知道，我知道，勞你駕了。”說完便一直往西。走了不遠，果見那裏路北有一個大紅門，看那樣子的莊嚴，一定是一家王府。凌鵬一看，門首有個看門的窮漢，已然抱着一個裝炭的沙鍋，睡熟了。這時秋風似剪，沁人脾膚。凌鵬一躥上了牆頭，往四下一看，沒有人聲，遂着跳下去，靠着牆根直奔後面而去。過了兩層院子，就見屏門旁有一間小屋，裏面燈光灼灼。凌鵬上前一拉門，當時門就開了。裏面那人問道：“誰呀？”凌鵬也不言語，裏面那人覺得心裏發毛起來。凌鵬手挺鋼刀猛地跳將進去。那人不由噯喲一聲，椅子也翻了，手裏那本《七俠五義》的書也扔了，躺在地下不能動轉。凌鵬把刀向那椅子腿兒上一剁，登時就折了一條腿，威嚇說：「不許你嚷嚷！我問你是這裏幹什麼的？」那人說：「我是這府裏福晉太太的內侄，因為我跟家裏不和，才來這裏住宿，求好漢爺千萬饒命。」凌鵬說：「你不要害怕，我問你們這裏是穆王府不是？」那人戰兢兢的答應道：「不錯，不錯！」凌鵬說：「你既是本府的內親，那麼你對於穆王爺的臥室一定知道了。」那人說：「知道的，知道的。」凌鵬隨即由自己身邊取出一根繩子來，把那人的手腳全都緊緊的捆上，然後持刀威嚇說：「我背着你上後院去，你在我耳邊悄悄的告訴我那穆王爺在哪屋裏住。稍微要是聲音大了，或是你故意嚷嚷起來，那麼我一定把你殺了，然後我一跑，休想叫你們拿住。」那人說：「不能不能，我哪裏敢嚷嚷呢，回頭只要請您饒我這條命就成了。」凌鵬說：「好，我一定不害你的性命。」當下他就把那人背起來，出了屋子，一直往後院而去。那人扒在凌鵬耳朵邊說：「您進東邊那個門兒去。」凌鵬進了那東邊的屏門，又過了一道穿廊，就見到了一個寬闊的大院落。北房五間屋子十分寬大壯麗，只外屋有燈光。那人扒着淩鵬耳朵說：“王爺就在這屋裏住，只是有一個側福晉，兩個丫環侍衾。外屋並還有四個護院的把式保護。”淩鵬說：“不要緊，無論他多少人，我全都不怕。”說着便把那人放下，在他耳邊悄聲說：“不許你大出一口氣，否則我必要把你殺死。”那人點頭。這時淩鵬一時勇氣勃起，手挺鋼刀，到了門前用腳把門踹開，裏面登時跳出三個人來，手掄鋼刀向淩鵬就剁。淩鵬使一個鷂子翻身，先砍倒一個人，然後又用點穴法，點倒兩個，淩鵬遂就大踏步進去。剛一進屋，就見桌底下躥出一人，手挺一把花槍向淩鵬就刺。淩鵬用刀相迎。兩人戰了幾合。這時里間的丫環和王爺，全都嚷嚷起來有賊了。淩鵬恐怕事情又弄空了，一時情急，就施展開自己真傳實學，把刀使得如同一道白閃一般。那人措手不及，被淩鵬一刀砍死。淩鵬把桌上的那盞燈拿起，然後持刀進到屋來。只見有兩個丫環樣子的女子，攔着一個胖大的人，年約五十多歲，穿着茶青官式小褲褂，全都戰戰兢兢口裏只管喊救命。淩鵬向那胖大的人說：“你就是穆親王嗎？”那人說：“不錯，我就是穆親王，好漢，你要多少金銀，我給你就是了！”淩鵬冷笑道：“你當我是勒錢竊物的強盜呢，實向你說罷，你素日倚仗皇族權勢，禍國殃民，無惡不作，我今夜特來除掉你，以為人民除害！」那穆親王聽到這裏，嚇得趕緊往外退步，說時遲，那時快，凌鵬進了一步，把刀一掄，登時鮮血迸流，咕咚一聲，穆王爺屍身倒在地下，腦袋和脖頸只連着一點。可憐這位金枝玉葉、鳳子龍孫的親王，早已氣絕身死了。濺得那位福晉和那兩個丫環樣子的女人，全都滿身是血，也嚇得半死了。

這時外面人聲鼎沸，齊聲喊道：「拿賊呀，別叫他跑了啊！」凌鵬趕緊把燈吹了，外面看得屋裏沒有燈光，自然不敢進來拿人。凌鵬趁着這個時候，就把那牆上一個小後窗戶啟開，側身爬出，然後伏身而行。走了不遠，躥過牆頭，把手內的刀擦乾淨了，躥房越脊，出了這王爺府，直奔正西而去。這王府裏，一些護院的人，還只管嚷嚷，滿處搜查，不曉得那賊人早已跑了。

不提這穆王府裏，怎樣亂搜，怎樣成殮穆王的屍首。單說那徐凌鵬，離了穆王府，就直奔西城白塔寺而去。一路之上，不必細表。走了多時，才到了白塔寺後胡同。在盧家門首看得四下無人，遂一越上了牆頭。只聽有尋更的聲音，凌鵬下來，往裏走去。剛一進屏門，

忽見廊子旁跑出一條大黃狗，只管撲着淩鵬，嚎嚎汪汪
地亂吠。

　　正是：

　　　　三尺鋼刀方染血，一條猛犬又撲人。

第八章　　兩虎相搏非傷即死
千秋遺恨撫塚銷魂

話說這條大狗，是盧家特預備下的，也為防備凌鵬的。這時凌鵬看得不好，趕緊躥上牆頭。少時四處人聲鼎沸，凌鵬趕緊尋出路離開盧家的宅院，回順治門外法輪寺而去。這時已經是夜內兩點鐘的時候了。及至到了法輪寺，一叩門，廟內的火工居士把門開開，進到裏面。原來這時焰口已然放完了。唐佐蝶卿們還沒有睡去。看得凌鵬這麼深夜回來，雖然心裏有些生疑，但是又不便問他。當下凌鵬又叫廟裏的廚子給預備點宵夜的吃食。吃完了，便在禪房內安歇了。當夜無話。

到了次日，吃過早飯時候，方才雇了兩輛轎車，一同回天橋店房而去。當下回到店內，那凌鵬就一直進城，直奔鼓樓西而去。一路無話。少時到了穆王府門首，一看那裏門首對子，已然用白紙糊上了。出來進去的僕人，全都系着孝帶子。凌鵬便向附近住的一個人問道：“這府裏怎麼會了白事了？”那人說：“不錯，這是穆王府，昨天穆王爺忽然因為得了暴病，竟自故去

了。"凌鵬心說，"想不到他們王府辦事如此私密，王
爺昨天分明被我砍死了，他們竟會說是得暴病死的，說
來又覺可笑。"當下凌鵬在這裏又看了會子，遂就依舊
順原來的路回天橋店房而去。

　　白天無話可敘，到了晚間，吃過晚飯，他就暗自帶
上一切隨身應用的物件，出了店門，直奔正北而去。少
時進了前門，直奔平則門大街。一路無話，少時到了平
則門大街，依舊在白塔寺西邊那個小茶館裏，進去泡了
壺茶，就在好裏等時候。待了多時，那壁上掛着的那個
着了許多塵土的時鐘，才交到十點，凌鵬遂就付茶錢。
一出門，只見天色昏黑，濃星萬點，寒風颯颯撲面。當
下凌鵬到了白塔寺後胡同，盧家門首，一看那條胡同，
四下無人，盧家是雙門緊閉，連尋更的聲音也沒有。凌
鵬心裏暗自喜歡道，我今天大半可以成功了。便跳過牆
去，一直往後院而去。走在屏門，剛要跳到牆上，好往
四下去張望。這時忽見後面有腳步聲音，趕緊回頭一
看，原來自己身後跑來一人，來到臨近，掄刀就剁。凌
鵬趕緊一越，上了牆頭，不想那人抖手一鏢，正打中凌
鵬的右腿，登時立腳不住，翻身摔將下來。那人緊跟着
又向凌鵬砍了一刀，正剁在凌鵬左肩頭。凌鵬雖然右腿

和左肩都受了傷，但是還十分猛勇，一進步，右手交着那人腕子，那人空舉着刀，落不下來。凌鵬恐怕自己力氣一微，他的刀砍下來，一定砍在自己腦袋上，不由時情急，遂就上前一撲，那人也立不住腳，摔了一個仰頦，躺在地下，刀也扔了。凌鵬趁勢把右手掐住他脖頸，那人極力扎掙，哪裏能夠動轉呢！這時裏外院的護院的，全都聞得格鬥的聲音，拿着兵刃，打着燈籠，跑將前來一看，原來有一個人按着一個大和尚，兩人全都渾身是血，奄奄一息了。

書中代表，這個大和尚正是那次在安慶地方，在蝶卿住的店房裏夜內去偷盜，被凌鵬剁了一刀，一怒而走的那個人。他本名悟明，本是江西大盜張子礎的侄子，自幼學了一身武藝，明着是一塵不染，其實他是無惡不作。不想那天被凌鵬砍傷，所以懷恨在心，立志必報此仇。他本打算到江西去找他的叔父，沒想到他叔父上四川訪友去了，所以他很覺失望，於是依舊打算和凌鵬拼個死活，不想凌鵬早已離開此地了。他跟店家打聽了打聽，才知道他們是上北京去了。於是他也離開安慶，向北京道上而來。在路上無話可敘，這天到了北京，就在西直門外一家小廟裏借宿。白天就到各處去閒遊，為是訪查淩鵬的下落。

那天在西四牌樓大街上就遇着馬鳳軒。這馬鳳軒早先和他是朋友，感情還很不錯。如今兩人已有三四年沒見面了。當下寒暄已畢，那悟明就問鳳軒近來護院的事情如何了。馬鳳軒歎口氣說：「休要提我這護院的事情了！」於是他就把盧家這些天如何鬧賊，頭一次把自己打了一鏢，二一次把盧靜舟刺了一刀的事情，說了一遍。並說現在自己是落得無法可施，所以自己不得已，才只好各處尋找這賊的住址，好設法率官兵去捉拿。不想今天會在這裏，卻遇着你。悟明說：「老兄你空負半世的英名，怎麼連這麼點小事都辦不動了，我來幫你一個忙兒吧。」說得鳳軒不由滿臉通紅，說：「老弟你不要譏笑我，你不知道這個賊人十分利害。你要遇到他手裏，吃上苦子，你就曉得了。」悟明聽了，不由激得火起，說：「真是豈有此理，憑我悟明撞蕩江湖這些年，焉能怕這個無名小輩呢！我沖你這句話，非管這件閒事不成！」鳳軒笑道：「好，我先謝謝你，那麼就請你到我們宅裏坐一會兒去罷。」悟明點頭說：「很好。」就同着鳳軒一直到了白塔寺後胡同盧家。鳳軒請他到自己

住的屋裏落坐，叫過自己那一些徒弟來，給向悟明引
見。

　　悟明坐了一會兒，便說：“我可以見一見盧大人去
嗎？”馬鳳軒說：“可以，我先告訴盧大人一聲去。”
他便一直進到裏院去，見了盧靜舟。原來盧靜舟自從肋
上被淩鵬刺了一刀，在朝中請了病假，天天躺在床上養
傷。有時一陣犯起痛來，竟能暈過去。當下見了鳳軒便
說：“馬師傅，你這兩天又把那賊人的下落探出來沒
有？”馬鳳軒說：“賊人的下落，雖然沒探出來，但是
請了一位幫手來。此人是我一個至友，自幼出家，法名
悟明。他雖是個佛門中人，但是他自幼學了一身本領，
在江湖間行俠作義，所向無敵。如今我請他來幫助我，
那賊人不來便罷，如若前來，一定叫他不能漏網。”靜
舟點頭說：“很好很好，總是設法把這倡狂的強盜擒住
才好。”

　　鳳軒說：“那個很容易，現在這個悟明我已然把他
帶到這裏來了，現在在外面我那屋裏坐着呢。他打算要
見見您，不知可以見他一見不可以？”靜舟皺着眉說：
“這位師傅如此熱心，我本當延請進來接見，不過現在

不能起床，未免覺着有些不恭敬。”鳳軒說：“這到不要緊，他是個直爽漢子，不拘這些個禮節。再說他又不是不知道您現在受傷了。”靜舟說：“那麼你就把他請進來吧。”靜舟叫自己身旁的侍妾回避了，然後那鳳軒就到前院把那大和尚請來。靜舟見了他，說了許多恭維的話。那悟明也應得必要設法把那賊人擒住。靜舟又叫僕人給他在前院收拾出兩間屋子，請他居住。

這且不表。悟明在這裏住了兩三天，晚間是一點動靜沒有。那天忽然夜內狗咬起來，把眾人驚起，一找賊人早已跑了。第二天又聽人秘密報信，說是穆王爺在昨天夜內被人刺死，現在外面還不敢據實傳出去，只說是得暴病死了。悟明和馬鳳軒聽了，才知道現在這個賊人又鬧得凶了。於是兩人便到了晚間，處處防備，恐怕賊人前來叫他得了手。恰巧這天馬鳳軒因為巡邏了半天，沒有什麼動靜，又加這時夜靜更深，身體一覺疲乏，就回屋睡覺去了。只有悟明一人在院內外暗中巡邏。忽然看見第二層院內有一條黑影，要往牆上躥，所以他才趕來捉拿。不想他所遇着的這人，正是他的冤家對頭。當下淩鵬因為不留神，被悟明砍了兩刀。但是他一時情急，反把悟明壓倒，用手掐住他的咽喉，二人掙持良久。等到馬鳳軒率領眾徒弟聞聲趕來，那悟明早已被淩鵬的手指掐在脖嗓裏，鮮血殷殷，沒有氣兒了。淩鵬這時也奄奄一息，看得眾人前來，怒目圓睜，一越而起，赤手上前與馬鳳軒廝打。

馬鳳軒退後幾步，指揮眾徒弟以及手下的人上前，木棍鐵尺齊往淩鵬身上去打，可憐淩鵬，縱有通天本事，怎奈這時渾身疲乏，力氣使盡，肩頭跟右腿全都中了刀傷，所以徒手打傷了幾個人，結果被馬鳳軒手下那十幾個徒弟、十幾個僕人打倒在地，少時便氣絕了。馬鳳軒看把淩鵬打得不能動轉，喝住眾人，仔細一看，淩鵬渾身是血，口眼皆閉，已然死了。暗想道，“現在這宅裏死了兩個人，明天被官人知道，也一定得犯些麻煩。我還是跟我們大人要主意去吧。”於是就叫僕人到裏院，問問盧靜舟睡了沒有，原來這時靜舟正在床上躺着抽鴉片煙呢。忽然聽得外院一陣大亂，自己也鬧不清是怎麼回事情，嚇得趕緊叫服侍自己的那個姨奶奶，把燈吹滅，連煙燈都吹滅了。後來漸漸聽得聲音息些個了，這時又聽院裏有人問：“老爺您睡了嗎？”連氣問了兩聲。靜舟仔細一聽，總覺得是前院打雜兒陶二的聲音，遂應聲道：“我現在還沒睡呢，你有什麼事嗎？”

那陶二在院內說："馬師傅現在有話跟您說。"靜舟也正要打聽外院這麼亂，到底是什麼事情，遂就說："好吧，你先等一等。"陶二答應聲是。這裏靜舟叫那個姨奶奶把燈點着，然後才向外面說："你把馬師傅請來吧。"說着那陶二便到前院告訴馬鳳軒。馬鳳軒進到裏院，到了靜舟臥室前面，拉門進去。靜舟叫他在旁邊一把椅子上落座，然後就問他外面為什麼這麼大亂，是拿棍子打誰去哩？鳳軒說："我早先也是在屋裏歇着來的，後來聽外面吵嚷，又咕咚的直響，我們這才打着燈籠出去一看。那悟明被一個賊人壓在身上，賊人的手指頭，掐進悟明脖嗓裏頭去了。"靜舟聽到這裏，就是一驚。鳳軒又說："悟明雖然被那賊人掐死了，可是那賊人肩頭和腿上也被悟明砍了幾刀。我們一齊上前，打了他一頓，不想就把他打死了。現在我來問問您，這屍首到底往哪裏去葬埋？還是報官不報官呢？"靜舟說："這一定得報官了，不過這件事到不至於有什麼麻煩。反正是我們這裏鬧賊，把護院的害死了，後來眾人拿他，他又反抗，眾人才把他打死。我想這件事只要是我具一個結，經地面許可，就可以把悟明師傅成殮起來，把他暫且停在齊化讓外禪光寺。至於那賊人的屍首，就由官人抬埋得了。"鳳軒說："很好，那麼我就上廳兒報告去罷。"靜舟說："你不必去，叫陶二去罷。"就把僕人陶二叫來，叫他把這裏打死強盜的事情，報告官廳兒去。

原來在前清的時候，差不多在每條大街上，都有個官廳兒。有一個小小的官員，和幾個所謂看街的，住在那裏，擔負查街捕盜的責任。當那陶二到了廳兒上，見了那廳兒的老爺，就說自己是刑部盧侍郎宅裏的僕人，剛才宅裏怎麼鬧賊，把宅裏的護院的掐死，後來那賊也被眾護院給打死了。現在宅裏放着兩個屍首，我們老爺請你們去說話。那官廳兒的老爺不敢怠慢，便帶着兩個看街的，同着陶二出了官廳。一直到了盧宅。那盧靜舟叫人把他請到客廳，叫馬鳳軒出去接見。鳳軒見了那官廳老爺，就提近來宅裏如何鬧賊，自己特請一個朋友幫助護院。不想今夜就來這個人，把我這個朋友掐死了。沒什麼說的，又給您這地面添麻煩。那官廳老爺連忙說："豈敢豈敢，現在這事情總怪我們失查，才叫這賊人如此滋事。還要請您在大人面前多加美言。"鳳軒說："這倒不必託付，不過這兩具屍首得想辦法。我這個朋友當然是由我們這裏抬埋了。可是那個賊人的屍首

164

怎麼處置呢？”那官廳的老爺說：“這個很好辦，我先留下一個人看守那屍身，明天一早我們那裏再派仵作驗一驗，然後我們就可以把他備棺抬埋。”鳳軒說：“很好，您多受累罷。”那官廳老爺連說沒什麼的。他留下一個看街的在這裏看守屍身，自己帶着一個看街的就走了。

當夜無話。到了次日早晨，那靜舟先交給鳳軒一百兩銀子，叫鳳軒去給悟明辦理棺木、壽衣，等等。鳳軒給他在棺材鋪裏買了一口很好的杉木棺材，又給他買了壽衣，拿回來給他穿上，少時棺材也來了，又把他入了殮。這時官廳的仵作也來了，把凌鵬驗畢，用一口薄材給抬走了。這時馬鳳軒也找了杠房內幾個抬杠的，先由靜舟派僕人拿自己名刺到齊化門外禪光寺，跟他們那裏的老方丈說好，然後這裏就把悟明那棺材，抬到那廟裏去停靈。

這都不提，單說這事情發生以後，登時就傳將出去。差不多北京城內，各處全都知道了。天橋邊蝶卿住的那個客店裏，有一個夥計到前門買了一趟東西，就聽見了這件新聞，回來就和他們掌櫃子說，不提防就被唐佐聽見了。本來唐佐素日見淩鵬常常夜內出去，就有些疑心。只是自己曉得他是個性傲的人，自己就是勸他，他也不能聽。所以自己又是為難，又是不放心。昨天淩鵬夜內出去，到如今還沒見回來，自己和蝶卿全都很不放心。如今忽然聽店裏夥計說什麼西城白塔寺後頭，刑部侍郎盧靜舟的宅子裏，昨夜大鬧飛賊，把一個護院的朋友是個和尚，用手掐死，這個飛賊也被他們護院的給活活的打死了，等等的話。他聽了不禁吃驚，暗道，這所說的被打死的飛賊，不是淩鵬是誰呢？刨出淩鵬誰能上盧家去呢？他想到這裏，決定他們所說的這個被打死的那強盜，一定是淩鵬無疑了。

於是他就趕緊跑到蝶卿屋裏，向蝶卿道："您猜徐二爺怎麼樣了？"蝶卿也吃了一驚，說："怎麼樣了？你為什麼這樣驚慌？"唐佐就把剛才聽店家夥計說的話說了一遍，又道："我想昨天徐二爺黑間走的，到現在還沒有回來，所以我想所說的這個被打死的，一定就是徐二爺。"蝶卿一聽，不由流下淚來，說："咳，他果然要是死在那裏，我們更沒人護衛了，那些奸人更容易施展毒計了。"唐佐說："這事還不敢說是真確，我且訪查訪查去。"說着他就出了店房，往那出事的地方訪查去了。這裏蝶卿心裏，又是傷感，又是氣憤。待了好大半天，那唐佐方才回來。見了蝶卿，便大哭起來，說："我剛才到了那裏，屍身已然成殮起來了，不過驗屍的時候，由屍身上扒下的衣裳，還在官廳牆角邊堆着。我臨近一看，噯呀，不是徐二爺的衣裳，是誰的啊？"說到這裏，不禁嗚嗚痛哭。蝶卿和柳花梨蕚也不禁咽嗚。

良久，唐佐又說："這件事咱們還不要聲張出去，因為盧靜舟現在正要究查這主使的人呢。"蝶卿聽了，不由止住淚痕，反倒冷笑道："由他究查罷，大凡君子作事不可太為己甚，盧靜舟與我家雖然稍有仇恨，但是也不至於把我父親無形中謀害死。如今還要由這件事一死的究查，打算剪草除根？咳，我雖然是一介女流，難道我就甘受你這樣屢次的欺辱嗎？"唐佐說："小姐也不要生氣，咱們設法躲開此地，運靈回南就得了。"蝶卿點頭說："我自有辦法，你就不用管了。"原來蝶卿自從他父親在刑部被盧靜舟屢次用刑審問，連病帶氣而亡，她就把靜舟恨之入骨，立志非得設法給她父親報仇不可。起初她還倚賴淩鵬給他報仇，如今淩鵬也被他們給打死了，她又受了這樣的大激刺，決定自己設法去刺殺靜舟。當下她精神恍惚，有時想起傷心的事情來，便覺腦筋有些發暈。當日無話。

到了次日一清早起來，她就獨自偷偷出門，一直到打磨廠一家刀鋪裏，用三兩銀子買了一把極鋒利，極利便的短刀，藏在身邊，回到天橋店裏。梨尊問她上哪去了，她也不言語，就在屋裏呆呆坐着。少時到了吃午飯的時候，她吃過午飯，便向梨尊道："回頭你跟我上趟白塔寺，我買點東西去。"唐佐在旁邊說："嗳呀，您記錯了罷，今天是初二啊，哪裏有白塔寺啊！"蝶卿這才說："嗳呀，我記錯了。"唐佐看得她神經有些恍惚，不由十分着急，暗道，我們這位小姐要真是被事情所擠，弄一個半瘋兒，可怎麼辦啊？當下蝶卿躺在炕上，略歇了一會，她便說自己上前門買一趟東西去。梨尊柳花全都要跟她去，她也不叫跟着。她就出了店門，步行一直往北走，少時到了前門臉，就雇了一輛轎車，一直進城，直奔白塔寺而去。她來來不認得白塔寺在哪裏，只由這輛轎車拉着她走。也不知走到多少路程，就到了西四牌樓再往西，少時就到了白塔寺。蝶聊隨即叫車停住，下了車，給了車錢，她就打聽這白塔寺後胡同。有人告訴她，她依照那人的指導找去，果見那條胡同西頭路北，有一家大門，掛着好幾塊匾額，門洞站着一個僕人樣子的人。蝶卿登時頓生一計，遂就上前問道：「勞您駕，這兒是陳宅不是？」那人搖頭說：「不是，不是。」蝶卿故意做出納悶的神色，說：「那麼您這兒姓什麼啊？」那人說：「我們這兒姓盧，沒有姓陳的。」蝶卿說：「那麼是我找錯人了，勞駕勞駕。」說着轉身走去。這裏那個人還不禁多瞧了蝶卿兩眼。看她這樣子，一定是哪個漢官家裏的使女。不提這個僕人看着蝶卿納悶，單說蝶卿。她如今把這盧靜舟的住址探出來了，心裏十分歡喜，於是回到店裏，把這事一點也不向唐佐他們說。

當日無話，由是日起，差不多她每天吃過午飯後，總要出去一趟。唐佐梨萼柳花看她行跡這樣可疑，就苦苦勸她。蝶卿只是冷笑，說：「你們不放心什麼呀，我不過是因為在店裏待着常常愁悶，出去散散心罷了。」梨萼說：「那麼您出去散心，我們跟着您也沒有什麼的啊？」蝶卿發怒說：「你在這裏多說什麼！」梨萼只得不敢言語了。由是蝶卿依舊是天天出去。唐佐柳花梨萼，雖然是十分不放心，但是又不能攔阻，只得極力催着她快些運竹禪的靈柩回南，好離開這是非之地。誰想到此時蝶卿早已抱定“必殺仇人，誓與生我之父親，愛護我之俠客，同死此地”這種堅持義烈的態度了。

一連便是五六天，這天她又在白塔寺後胡同附近躧探。忽見盧家門首停着一頂轎子，仿佛是等人出來的樣子。待了一會，果見由大門裏出來兩個僕人，攙着一個穿官衣，年約四五十歲的人，被僕人攙上轎子，後面有兩個僕人，騎馬跟隨，就往東去了。附近有在門首站着看熱鬧的人，就互相談論說：“你們看，這就是盧侍郎，上回被賊刺了一刀，到現在還得叫人攙着呢！現在因為那賊人已然被他們護院的打死了，他才敢這麼大膽地出來。在早先他要出來一次，至少也得有五六個人保護着。看來他們做官的人，還沒咱們心裏舒服呢。”蝶卿聽了，這才知道剛才上轎子的那個人，便是盧靜舟。心說，“我等了他好幾天，也沒見他出門一次，如今他竟出來了，這個機會我豈可輕輕錯過？大半他現在出去，回頭一定回來，我且在這裏等一等，他回頭回來，我就趁勢下手。”想到此處，覺得自己的命，今天一定要絕盡了。她雖然是充着滿懷的義烈，但是想到此處，也不禁有些傷感。

　　當下她又等了半天，才見那胡同東口進來一頂轎子，後面有兩個騎馬的僕人跟着，原來正是剛才那頂轎子。蝶卿等到那轎子來到臨近，便撲將上去，喊聲："冤啊！"那兩個騎馬的僕人在後面過來，就要拿鞭子轟他。說時遲，那時快，蝶卿早已撲上前去一掀轎簾，袖中短刀直向那盧靜舟前胸刺去，登時鮮血就同湧似的流出。那四個轎夫嚇得也把轎杆放下，跑在一旁去了。那兩個騎馬的僕人也嚇得不敢上前，只在馬上空喊道："拿呀，拿刺客呀！"蝶卿一時情急，把那刀由靜舟的胸口往上一豁，直通到脖際。那靜舟起先還能掙持，這時已然完全氣絕了。蝶卿一看他死了，遂就抽出刀來，向自己前胸一刺。可憐這俠烈的女子，竟自流血身亡了。

　　那旁邊的四個轎夫和那兩個僕人，看得這女刺客也自盡了，這才敢過來。一看轎子裏滿是鮮血，他們那位盧大人，前胸豁了一個大口子，腸肚全流出來了。這時旁邊圍了一大圈人，算是盧家的幾個，先把看熱鬧的人轟遠些。少時官廳的人也來了，由盧宅家人把靜舟的屍身，抬進宅裏去，刷洗裝殮。這裏看街的又用一塊破席頭，把蝶卿的屍身蓋上，等候明天檢驗。

　　這事情發生在下午五點前後，因為這時正在冬季，所以不大功夫天就黑了。到了次日，這件事就傳嚷出去了。天橋店房裏唐佐和柳花梨蕚，在頭天晚間就聽說白塔寺後胡同，刑部侍郎盧靜舟，被一個二十上下的姑娘刺死，後來凶首也自刎了。唐佐聽了十分不放心，當晚蝶卿果然沒有回來，唐佐和柳花梨蕚對泣了一夜。唐佐並說：「咱們在這個店房住不得了。早先徐二爺死在盧家，我們只推說他出京上別處辦事去了；現在小姐又死了，我們還怎樣遮飾呢？倘或店家看出我們的嫌疑來，一報給官廳，一定得把我們拿去下到獄裏。現在事已到此，我想我們瞎傷會子心也是無濟於事。現在我們只要設法把老爺的靈和小姐的屍骨，運回宣城，也不枉老爺和小姐恩待了我們一場啊！」柳花梨蕚聽了，不禁流淚。唐佐又說：「小姐在前幾天，就把她手裏所有的錢，全都交給我拿着。我那時就很懸疑心，但是也不敢問她到底是什麼用意？現在手裏大約還有三四百兩銀子，金珠首飾也足可以賣幾百兩銀子。只是小姐的屍身，誰敢領去啊？我們現在最要緊的事情，就是明天一早我們就要搬開這個店房才成。我看在順治門法輪寺北邊有一座菩提寺，在徐二爺病着的時候，我曾到那裏求過簽，跟他們廟裏的老和尚見過一面。那老和尚年紀有五十來歲，很是和藹慈善。我打算明天一早，咱們搬到他那裏去借住，一來省得在這裏擔着心，二來也離着老爺停靈的那個地方近。」柳花梨萼二人全都很願意，就先把一切東西收拾好了，然後睡覺，當夜無話。

次日一清早，唐佐起來，看得店家掌櫃子起來了，遂就到了櫃房，說自己打算回家鄉，請他給算算，還欠多少錢。當下那掌櫃子給算清了賬，唐佐付了錢，又出去雇了一輛轎車。唐佐和柳花梨萼一同出了店房，坐上車就直奔宣武門外而去。少時到了那菩提寺門首，停住車，唐佐就進去見了那老和尚，就托詞說自己現在帶着兩個侄女，來到京都辦事。現在因為在店裏住着，有許多不便，所以打算在寶寺中寄居幾天，等到外面找着房再搬走。那老和尚聽了，雖然不十分願意，但是也不好推辭，於是只得答應了。當下唐佐出去告訴柳花梨萼。柳花梨萼就拿着一切東西下了車，進到廟內禪堂內落座，唐佐出去把車打發了。這裏老和尚又叫徒弟給打掃出一間屋子來，請唐佐柳花梨萼去住。當下唐佐三人到了那屋裏，歇了一會兒。唐佐又出了廟門，進了城，一直到了西四牌樓以西，白塔寺後胡同。一看那盧靜舟宅子門首氣象慘澹，正在搭棚辦喪事呢。唐佐遂就假裝看熱鬧的人，在附近一打聽那蝶卿的屍首，據人說那個女刺客的屍首，一清早就叫穩婆驗畢抬埋了。唐佐也無處打聽到底把蝶卿的屍骨給埋在哪裏去了。當下他只得依舊回到城外菩提寺去，與柳花梨萼對坐秘密談起，蝶卿屍身葬埋之處不容易尋找的事情。不由勾起一往傷心之事，不禁互相痛哭了一陣。當日無話。

由是日起，唐佐便天天在外面調查葬埋蝶卿的地點，總是沒有下落。這天也是事逢湊巧。唐佐到菜市口一家紙店裏，去給竹禪打了幾疊燒紙，剛在回走，忽見後面有人揪自己的衣裳，趕緊回頭一看，是個少年男子，十分覺得眼熟。那人說："老管家，你不認得我了吧？"唐佐猛然想起，原來這人正是那賽馬超洪華俊。當下唐佐便行禮說道："我想起來了，您是早先那什麼山那位二大王不是？您貴姓我可忘記了。"華俊說："我叫洪華俊，徐凌鵬現在同你們還在一塊了麼？"唐佐說："咳，您哪裏曉得。"遂又壓下聲音說："此處我不便談說，請您到北邊我住的那個地方坐一會兒去，我把我們現在的慘況對您說一說。"華俊聽着也很納

悶，點頭說：“好罷。”當下就隨着唐佐一直往北走
去。

　　不大功夫，就到了菩提寺進去，到了唐佐柳花梨萼
住的那屋裏。柳花梨萼全都和洪華俊見過，當然不必回
避。當下唐佐與華俊對面坐下，便把這幾月來，凌鵬如
何害病，竹禪如何瘦死，凌鵬如何刺死穆王，後在盧家
遇害，蝶卿如何刺死盧靜舟，自刎的事情含淚細說了一
遍。那華俊聽了也很覺惻然，遂就歎道：“凌鵬為人素
日縱橫南北各省，很做了不少俠義的事情。不過他就是
恃仗他那身超群的武藝，眼空一世，所以如今他受了
害，我想也是因為他素日自大所致。如今落得這樣結
果，也未免太可惜啊。我在隔雲嶺上，自從你們走後，
一月有餘，官兵就把山剿了。一些弟兄全都被擒的被
擒，逃走的逃走，我算是殺出重圍逃到此處，現在在打
磨廠店房裏。今天我到這裏找一個人，不想遇着你。”
唐佐說：“像您這樣的人，綠林中實在少有。”華俊
說：“你休要說什麼綠林，我從此不獨永遠脫離綠林，
就連刀槍我從此也不動了。現在我就是打算到此地找個
朋友，借些資本，我販布去。”唐佐點頭說：“很好，
很好。”遂又說：“我現在求您一件事情，不知道您可

以辦得到不可以？”華俊說：“什麼事情罷？”唐佐說：“現在徐二爺和我們小姐的屍身，雖然全都被官廳方面葬埋。但是在那亂葬崗子裏埋着，我們覺着深為對不起死者。所以我決定非得設法把他們屍身起出，運回原籍葬埋才好。現在錢到是夠，只是我無處打聽他們屍身，到底是在哪裏埋了。所以我還得請求您設法給找一找。華俊說：“這個我可以出力。”於是便又談了一會閒話，華俊隨即告辭走了。當下無話。

過了兩天，華俊隨即往白塔寺後胡同附近去調查，兩天的功夫便得到許多頭緒。這天下午約莫四點左右，華俊到了白塔寺附近的官廳裏，只見有一個看街的，正在臺階上向着斜陽坐着，大半是在那兒拿蟲子呢。華俊遂就過去說：“喂，老哥，請你到外邊，我和你有句話說。”那看街張大看得華俊穿章很是整齊，遂就過來向華俊道：“您有什麼事？”華俊說：“你跟我來。”張大也摸不着頭腦，只得跟華俊向東邊走了不遠，華俊就停住腳步問道：“您貴姓？”張大說：“我姓張，行大，您貴姓？”華俊說：“我姓洪，我現在找你有一件事情商量，我跟你說了，你要願意呢，你就發這筆小財；你要不願意呢，也請你別給嚷嚷去。”張大一聽是是發財的事情遂就說：“您自管說吧，我沒個不願意辦的。”華俊就說：“早先在盧侍郎宅裏掐死一個和尚，後來被他們護院的給打死的那個強盜，他是我的朋友。那個刺死盧侍郎，然後她也自刎的那個女子，她也與我有同鄉之誼。現在我們看他們犯了這種大罪，屍身埋在亂葬崗子，所以我打算求你把埋他們棺材的那個地方指告我，我們把他屍首起出之後一定要送你三十兩銀子。”張大一聽十分喜歡，說：“得虧您找的是我，因為埋他們的時候我全跟去了，所以我是最知道的。這們着吧，明天晌午我在平則門外甕圈路北小茶館兒裏等您。您帶着啟靈的抬杠人，那兒找我去得了。”華俊說：“准的嗎？”張大說道：“我豈能說瞎話呢？我不為錢我還要交您這個朋友呢。”華俊拿出二兩銀子來交給張大說：“您先拿這用去。”張大故意推說了半天，方才笑吟吟地收下。當下華俊便走了，一直出了宣武門到了菩提寺，把今天辦的事情去告訴唐佐。唐佐聽了也十分喜歡，當下便出去到杠房講杠起靈。當日無話可敘。

到了次日一清早，唐佐起來先到了平則門外，找着一處廟宇，名叫華陽寺。當下唐佐進去，見了廟內住持和尚，提說自己回頭起兩口靈，打算送到這兒暫停。那和尚十分願意。當下唐佐把一切事情辦理清楚了，隨即出了廟，依舊回宣武門外菩提寺而去。等了不多功夫，華俊就來了。原來那洪華俊已然跟杠房商量好了，說得是回頭在平則門外小茶館見面。當下唐佐同華俊一同出了廟門往西北去，走了多時，才到了平則門甕圈內路北的小茶館。一進去，就見那杠房的頭兒和幾個抬杠的全在那兒了。白塔寺街上看街的張大也早來了，並且還帶來幾個幫忙的閑漢。當下大家先聚在一塊兒，談了一會閒話，然後華俊就叫這茶館的夥計給煮麵。大家吃着，少時吃完，由唐佐給了茶錢、麵錢，一同出了這個茶館，直奔正西而去。

走了不到一里地，就到了一塊墳地。這塊墳地也沒有什麼樹木圍牆，不過就是有無數的小土堆，和些個東倒西歪的小石碣來代表罷了。當下張大指着兩個前面沒有石碣的土堆說："這北邊的是那個女刺客的墳，南邊是那男子的墳。"當下他帶來的那幾個閑漢，就用他那帶來的鐵鍬鎬頭等物，把土刨開。刨不到二尺就露出棺材來了。這時杠房已然把兩杉木棺材抬到，當下就把這口薄材起出，打開蓋。原來驗畢的屍身全都是赤着身的。不過因為蝶卿是女屍，所以用席裹着下身。他兩人雖然是閉目搭眉，但是他們生前的豪烈之氣，依舊未減。就是抬杠的人和看街的張大，全都不禁生出一種欽敬之心。當下唐佐一面落淚，一面叫人把他們屍首移到這杉木棺材裏。隨着把淩鵬蝶卿二人的屍身換了棺材，釘好了，然後就抬將起來，直奔正西而去。這裏那幾個閑漢把兩口空棺材依舊埋好，也跟着那兩口棺材往西。少時到了華陽寺，停在裏面那殿裏，唐佐便拿出銀子來，把杠房的人打發走了，又拿出三十兩銀子交給張大。張大喜喜歡歡地帶着那幾個閑漢走了。這裏唐佐、華俊又佈置了靈堂，隨即一同進城而去。

著者敘到此處，筆禿墨盡。簡斷捷說，過了些日，唐佐在西山下買了一小塊地，把淩鵬葬埋，並立了石碣，栽了樹木。後來由華俊保護，把竹禪、蝶卿的靈送回宣城原籍塋地葬埋；把梨蕚送回家去；柳花聘給唐佐的一個侄子，是個經商的。至於洪華俊，他卻四海飄零，做布商去了。後來每逢清明佳節，中元序令，唐佐必要在竹禪、蝶卿墳前祭奠一番，然後再向北燒紙，所為遙祭徐淩鵬的英魂。

　　書說至此，告一結束。至於本書一切無關要緊的角色，著者自然都沒那閒暇去另述說他們了。

　　正是：

　　　　亂世文人忒可嗟，文章遺恨亦無涯。

　　　　燕門碧血宣城塚，腸斷夕陽歸暮鴉。

　　　　兒女英雄佳話留，鋼刀碧血不堪愁。

　　　　筆端小試雕龍技，聊作春風一曲謳。

跋 － 尋找父親的足跡 (Epilogue)

王宏

一、影壇驚世

2000 年，由臺灣著名導演李安執導，根據已故作家王度廬的武俠小說系列「鐵鶴五部」改編，由周潤發、楊紫瓊、章子怡、張震等主演，拍攝了《臥虎藏龍》電影。

該電影大獲成功，獲第 73 屆奧斯卡包括最佳影片在內的 10 項提名，獲 4 項獎（最佳外語片、最佳藝術指導、最佳原創配樂和最佳攝影）。獲 3 項金球獎提名，其中兩項獲獎（最佳導演獎和最佳外語片）。這是華語電影歷史上第一部榮獲奧斯卡金像獎最佳外語片的影片。《臥虎藏龍》電影在西方尤為受到廣泛好評。

世界總票房為 2.1 億美元，其中美國為 1.3 億，打破了美國外國語電影票房的歷史記錄。

愛屋及烏，西方對該電影的喜愛甚至擴展到它的名字：Crouching Tiger, Hidden Dragon，以致創造了許多類似的用法，例如

Crouching Confusion, Hidden Hassles
Crouching Manager, Hidden Database
Crouching Impact, Hidden Attribution
Crouching Sensibility, Hidden Sense
Crouching Hamster, Hidden Translation
Crouching Liars, Hidden Truth
Crouching Women, Hidden Genre
Crouching Market, Hidden Value……

許多人西方人通過這個電影對中國的傳統理念和價值觀，特別是對來自於中國民間的俠義精神有所認識。這些自然應該歸功於李安先生的高超導演才能。然而，對於其原著的作者王度盧，國外一無所知，甚至國內也很少有人知道。

二、深隱市井

　　王度廬是我的父親，可是我以前並不十分了解他的過去。小時候，我就知道父親是一個普通的中學老師。不擅交際，朋友不多，家裏的裏裏外外，都是母親一人張羅。父母從來不過節，不慶生。年三十我只好跟別人家的孩子一起放鞭炮，到鄰居家吃年夜餃子。父親是老教師，初一，一大早校長就領着一大幫幹部和老師來拜年，父親基本上是年年被堵被窩，大家也見怪不怪。

　　父母工作都很努力，晚上父親還要到學校給學生輔導。母親負責學生的舍務，晚間回來更晚，有時甚至不回家住。有一天晚上，我跟着母親去學生宿舍樓，困了就睡在一個職工的床上，半夜被母親喚醒，發現我的兩隻耳朵都被臭蟲咬腫了。晚上常常是我一人在床上躺着，等父母回家。父親從來都是體弱多病，當他走到離家還很遠的地方時，我就會聽到他強烈的咳嗽聲，趕緊去給他開門。

　　六十年代困難時期，從來都吃食堂的家出現了食品危機，媽媽只好支起爐子，生火做飯。煤柴不夠，媽媽沒辦法，就打開了一個裝滿了書的大木箱，問爸爸："燒不燒？"爸爸答道："燒就燒吧，反正都交代了。"媽媽轉過頭來對我說："這都是你爸過去寫的書，你看不看？"我一瞧，書的顏色都發黃了，封面上的畫也很怪，心想，一定不好看，就搖頭說不看。於是，媽媽就一本一本地，把這些書燒掉炊飯了。

初中時，團支部組織我們去撫順階級教育展覽館參觀學習，當我走到一個展示反動、黃色書籍的櫥窗時，霍然發現裏面有署名王度廬的書，嚇得我趕緊走開，沒對任何人講，把這件事埋在心裏。

文革期間，父親受到了衝擊，遭到大字報揭發，可是缺少"罪證"（都燒了）。學校的紅衛兵對他還是比較客氣的，來抄家也只是翻翻書架，拿走了一個相冊。在批判會上一個學生指着相冊裏的一個照片，問："王老師，你說你在舊社會的日子很窮，可是你們這張全家照都穿得挺好，這是怎麼回事？"父親笑了笑，答道："李老師抱着的那個嬰兒是王宏，他是解放後出生的。"

每天早上，所有人必須到院子裏去跳忠字舞。我出去一看，這幫老師和家屬，一個個笨手笨腳，跳起來簡直就是群魔亂舞，心裏覺得好笑。母親讓父親也去，他就是不去。逼急了，他就說："不去，打死我也不去！"母親也沒辦法。父親在家裏對母親從來都是言聽計從，令行禁止，這次居然堅決"反抗"，使我感到很吃驚。

1970 年，母親被下放農村，"走五七道路"，父親被指令退休，作為家屬隨行。當時我已經在農村插隊。學校領導對父母說：現在是照顧你們，派你們到你兒子下鄉的縣裏，以後下放的還指不定要去哪呢。

我雖然那時思想很左，決心扎根農村幹革命，可是當我得知父母也要被趕到農村時卻十分不理解。父母已經分別 61 和 54 歲了，而且父親體弱多病。我趕緊往家裏趕，要跟領導理論一番。沒想到一到家，看到家裏的東西已經全都被裝到了卡車上，就準備出發了！一路上，年邁的父母坐在裝滿物品的敞篷卡車上，隨着顛簸的汽車搖晃，痛苦不堪。爸爸半路下車解手時，站了半天也解不出來。媽媽暈車，走一路吐一路，膽汁都吐出來了。那情景，我現在回憶起來都止不住要流淚。

父母去的是一個窮困的小山村，借住在農民的半間屋裏。母親每天要去勞動，父親在家裏常常吃不上飯，生活上遇到了很多困難。唯獨可以慶幸的是，淳樸的農民並沒有歧視他們，並給了他們許多幫助。父親覺得像是躲開了喧囂的亂世，來到了世外桃源。尤其是後來姐姐把孩子送到了他們的身邊，使他們看到了希望，嘗到了天倫之樂。四年後，"五七戰士"陸續被調回安排工作，而母親卻被動員退休，無緣回城。所幸我當時已經畢業留校，他們便搬到了我這裏。1977 年，父親因帕金森氏綜合症離世。

改革開放以後，海內外學者開始尋找父親王度廬，並研究他的作品。天津藝術研究所張贛生先生多方查詢作者的生平，詢問過不少津京老報人，但一無收穫。臺灣葉洪生先生批校的《近代中國武俠小說名著大係》收入了度廬的"鶴一鐵五部曲"等七部作品。他在文章一開始就說："王度廬之生平不詳。"

80 年代初，葉洪生先生托小說家宮白羽之子宮以仁先生在大陸尋找王度廬。宮先生根據小說內容，推測王度廬可能是北方人，便與蘇州大學徐斯年教授聯係。徐先生回憶道：

"我所在的學科決定立項研究通俗文學，這一課題並被列為'七五'國家社科重點專案。不久，幾位研究通俗文學的朋友相繼來信，說起'武俠北派四大家'中，寫白羽、李壽明、鄭證因三人的生平，人們多已知曉，惟王度廬，至今不知何許人也，問我可有這方面的線索。經過他們的'強化刺激'，猛然想起母校的王度廬老師。他是我高中同班同學王膺的父親，沒給我們上過課，也從未聽說他寫過武俠小說，但姓名倒一字不差，姑且問問看。很快就收到了母校回信，得知王老師已經逝世，但因此卻找到了王老師的夫人，我們當年的舍務老師李丹荃女士，並且確認了那位四十年代聞名全國的‘俠情小說大師’果然就是王膺的爸爸。正是：踏破鐵鞋無覓處，得來全不費功夫！”

後來徐先生為《王度廬武俠言情小說集》寫的序言，就是以《尋找王度廬老師》為題。

母親回憶道：

四十多年前，我和我的丈夫王度廬同在一所中學裏工作，那時，徐斯年是這所學校裏的一個朝氣蓬勃、多才多藝的學生。以後我們多年未見，再見面時他已成了一位學識淵博的學者。我和王度廬共同生活了四十多年。如今，我已是耄耋之年，以後的時間不會太多了，所以我願意將我能憶及的一些往事和想法寫下來，留給熱心的讀者和關注通俗文學及其發展的學人。

從此，母親便帶領姐姐和我，開始艱難地搜集、整理父親的作品，追尋他曾經走過的足跡。

三、出身寒門

　　父親生於 1909 年 9 月，他的青少年時代是在北京的皇城根下度過的。父親原名王葆祥，字霄羽，王度廬其實是他後來的筆名之一。爺爺曾是清宮管理車馬機構裏的一名職員。父親七歲時爺爺不幸病故，遺腹的弟弟葆瑞出生，一家人老的老，小的小，生活困頓。

　　父親 9 歲那年，姐弟三人又相繼患上傳染病。他昏迷了好幾天，慢慢地又蘇醒活過來了。當他睜開眼時，卻見屋裏全變了樣子，空蕩蕩的少了不少東西，桌子和炕頭上的櫃子也全不見了。奶奶坐在炕邊掉淚，為了給孩子們治病，把家中能賣的東西全都賣了。父親病癒後，由於長期營養不良，身體很不好。

　　儘管貧窮，奶奶還是支撐着讓父親斷斷續續地上了幾年學，讀完了舊制高等小學。父親十二、三歲時，家裏曾送他到眼鏡舖當學徒。原想這活兒較輕，三年出師，學門手藝，一個月也能掙幾塊錢養家。誰知幹了沒幾天，掌櫃的嫌他身體瘦弱，不會幹活，就打發他回家了。以後又送他去給一個獨身的小軍官當聽差，試工三天，人家嫌他太小，半天生不着一個煤爐，給了幾個銅板，就叫他捲舖蓋了。後來，父親在他寫的小說裏曾經一而再、再而三地寫及城市下層民眾生活的困苦景況和貧民青年求生之難，應該是來自他親身的感受。

　　父親讀書勤奮，人也聰明。當時有位姓李的小學教師很賞識他，經常借給他書籍，並且教他音律和詩詞格律。他的學識主要來自於自學。北京大學一院當

時離他家很近，所以他有時就到那裏去旁聽。那時的
北京大學很開放，外邊的人進去聽課，也無人過問。
若有名家來講課，常常是連窗外都站滿了旁聽的人。
父親也常去三座門的北京圖書館看書，一坐就是一天。
那時候"鼓樓"那裏還有個民眾圖書閱覽室，可以進
去任意翻閱書報雜誌，那裏也是他常去的地方。父親
在十幾歲時就常向報刊投稿，寫些小文章和舊體詩詞。

四、少年修箴

1924 年 6 月 5 日，父親在北京《平報》上發表了《座右箴並序》一文，署名"高小生王葆祥"，時年不足 15 周歲。他寫道：

人非聖賢，孰能無過？撼心意之常忽，故箴之以自警。吾本小子，將以致德，行之未嫻，故爾常忽，昭昭矣。效先人之法，作自修之箴，以於座右雲：

孔曰成仁，孟曰取義。惟其義盡，所以仁至。邪之將熾，正心以止；善之將萌，力之以成。公德急公，是心宜充；私欲利私，是心勿滋。合群守分，勤學好問。今也不修，後也為恨。義烈敢勇，愛眾直耿。茲彼二則，人其猛省。遇宜則為，見賢思齊。日則孜孜，夜則休息。食前運動，飯後步走。處恭禮儀，安命耐時。上述之德，人之要持。交友以信，待長以敬。賢者炙之，惡者感動。勿拘小節，見危授命。勿爭小奮，守真持性。思范淹之訓以先憂，三衛武之詩而謹語。樂然後笑，義然後取。盡己之謂忠，推己之謂恕。拳拳服膺之謂慎，已所獨知之謂獨。忠恕慎獨，聖賢之素。力行忠恕，再加慎獨。亹亹上者，難至極處。要哉要哉，要在勿忽。

接着，他又在平報上發表了《座右銘並敘》。從此，父親用這座右箴和座右銘激勵自己，成為指導自己行為的指南，開始了持續了27年寫作的生涯。

1925年2月1日，父親（15周歲）在《平報》上發表了第一部武俠小說《浮白快》，約二十萬字。

武俠小說

浮白快（二）　馮祥著

序

夫俠者，天地之奇氣，亦人伯良心之表現耳。貪官汙吏，士棍地痞，或恃權勢，或恃財勢，武勇作稱翺非法之事，踚人側目，貞武勇作而俠者，非法之事。敷迎其餘而俠之者，目見不平，拔刀相助莫武俠發達之報，戒懲之，是以郭解朱家金融徒獄之松發達之報，而見宿於太史公友人王襟渴俠之介人倚拜也，慷慨有大志，戒殺武俠之命人倚拜也，慷慨战戒虐君撝編闕人也，編爲野乘曰（浮白快）俠者渴不俊之評於俊，吾知此警一出浮白快序。顧風于萬一云闕。遂爲序，飛人敘駕之序

（未完）

此書開頭有題詞：

勁梅獨逞歲寒姿，英沾玉碎落池硯。鴻孤天冷無聊趣，呵冰筆寫易水詞。劍光激目奸心悚，翩舞定跡遊俠兒。毫勞一時談千古，傳贊高著史遷遺。

少林外派武當門，築歌俠士幾人存。冷劍抽出心驟悚，光斑猶具淚珠痕。惜哉未涉咸陽地，難質薛家秦客門。德薄姑敗狂遊志，轉向烏毫快談論。

*　　　　　　　大都王葆祥避蒂氏自題*

舒翼和貿貿居士在他們所作的序和評注中對《浮白快》讚不絕口，有的地方也許有些過譽，如說《浮白快》堪比《水滸》和《紅樓夢》。但他們盛讚父親對情感描述的真切和深刻應該是恰當的。《浮白快》連載了九個多月，頗受歡迎，隨即被報社印行出版。

《浮白快》完成後，父親便一發不可收拾，接連不斷地發表小說、短文和詩詞。由於大量報紙缺失和有些發表過父親的文字的報刊，如《升報》就根本沒有找到，我們尚無法找到父親全部的作品。至 1933 年

的八年內，我們發現父親在《平報》和《小小日報》
上發表了四十餘部小說和一千多篇包括雜文、筆記小
說和詩詞的短文。

五、長安定情

　　1933 年 6 月，父親去了西安，在那裏他做過《民
意報》的編輯，在"戲劇與電影週刊"上發表了一些
文章。他還做過陝西省教育廳編輯室的辦事員，編輯
了《陝西謠諺初集》，撰寫了《民間歌謠之研究》。
父親在西安工作得並不順利，他既無背景，又不會逢
迎，而且物價飛漲，薪金低微。但這些都算不得什麼，
因為父親去西安的目的是追隨與他相愛的人一母親，
她在早些時候隨父母從北京遷往西安。1935 年父親與
母親結婚。

　　根據母親的回憶，她在北京讀中學時，在一個同
學家裏認識了做家庭教師的父親，從此彼此相愛。父
親曾送給母親兩本書，一本是沈三白的《浮生六記》，
另一本是納蘭性德的《納蘭詞》。母親不太喜歡《浮

195

生六記》，卻很喜歡那本詞。《納蘭詞》中既有刻骨銘心的愛情詩，更有蒼涼悲愴的邊塞詩。

父母一起遊逛過許多北京的名勝古跡，北海、景山、中山公園、太廟、十刹海、陶然亭等地都去過，所以在父親的作品裏常會提到這些地方。陶然亭在永定門外，俗稱“南下窪子”，是明清時期文人騷客、落第舉子聚會賞景、飲酒賦詩之處，人稱“城市山林”。他們慕名前去遊覽，跑了許多路，結果大為掃興，看到的只是遍地荒草、成片污塘、一座破亭，和幾間坍屋。然而，父親曉得有關的典故，帶着母親找到了那座著名的“香塚”和“鸚鵡塚”，並去誦讀那香塚石碣上鐫刻的銘文（香塚毀於十年浩劫）。那銘文母親在晚年時仍能背出：

　　浩浩愁，茫茫劫。短歌終，明月缺。鬱鬱佳城，中有碧血。碧亦有時盡，血亦有時滅，一縷煙痕無斷絕。是耶非耶？化為蝴蝶。

後來，當父親撰寫俠情小說《寶劍金釵》時，便把書中的那位身後淒涼的“俠妓”謝翠纖的墓地設置在了此地。

父母在西安居住的時間雖然不長，但是那段經歷對父親後來的創作卻意義不小。西北地方，自然環境嚴峻，民風剽悍，加以窮困，乃多鋌而走險者。母親的父親因猝發心臟病，卒於三原縣。父親從西安前去接靈，途中就曾遭遇綠林強盜，衣物被洗劫一空，他只得返回西安，重新打點，再走一趟。後來父親在《鐵騎銀瓶》中寫韓鐵芳在那一帶被匪幫劫持，應是滲入了那時的切身體驗。

1936 年，父母回到了北京，接着在《平報》上連載了武俠小說《黃河遊俠傳》、《燕趙悲歌傳》和《八俠奪珠記》（未完成）。

六、開創先河

1937 年，父母去青島看望母親的伯父。父親的身體一直不好，青島的氣候很適合他養病，於是他決定"在此住一夏天，陪着闊人們避暑，休養我的身體，恢復我的健康，為預備我的衣食，繼續效力。但是我還需要回去……"

不久，叔叔與幾個北平青年同來青島。小住之後，父母送他們離開青島，去參加抗戰。叔叔是遺腹子，父親對他格外疼愛，甚至在小說裏也寫進了他的小名。母親回憶道："他們兄弟一向感情很好，分手時不無留戀。最後王度廬慨然說：'你就放心走吧，我們以後會團聚的，母親的生活，家裏的一切，有我呢。'他把自己的懷錶給了弟弟。"

後來的事情則是始料不及的，7 月 30 日，日寇佔領了北平。1938 年 1 月，青島也被日寇侵佔。父親一家只得滯留青島。父親給自己起了個新的筆名"度廬"，他說"度"就是"渡"，希望能夠度過這一段艱辛的日子。"廬"就是簡陋居室。

1938 年 6 月 2 日，他在《海濱憶寫》中寫下了這段經歷，署名"度廬"：

> 去年櫻花開的時節，我由北京初次來到青島，目的第一是看望多年未晤的戚友，其次便是因為我過了多年的寫作生活，把身體弄壞，需要覓一個適當的地方休養幾個月。……然而，命運，不久便發生時局的變化。把避暑變成了避難，快樂休養變成了憂患戰亡，度了半載多的恐怖生活……自然，在我是僥幸的，然而我的身體卻因為一往的憂患，需要更長時期的休養了，換句話說：我需要更長時期地住在青島了……

"時局的變化"，當然是指"七七"事變和青島淪陷。父親雖然只是個文弱書生，可是愛恨分明、嫉惡如仇，可以想像得出，他的內心有多麼痛苦。但是為了養活家人，為了能在淪陷區不失尊嚴地生活下去，他只能賣文為生。

父親在青島的作品主要為俠情小說和社會言情小說，俠情小說多為清末故事，社會小說則多發生在上世紀二十年代至戰前，而地點多被設置在北京。北京是父親魂牽夢繞的地方，他熟悉那裏的地理環境、民風民俗，而且那裏還有他的母親。他只能在小說中寄託自己的鄉愁，通過小說裏的豪傑行俠仗義、除暴安良，以去心中之塊壘。想起父親在北京時寫的那些痛斥日本帝國主義的雜文，更能理解他此時內心的苦悶。儘管在日本人的鐵蹄下，他的作品仍保持了中國人的尊嚴，……沒有媚骨。

父親在青島寫了《臥虎藏龍》五部系列和《風雨雙龍劍》等二十餘部俠義、俠情小說和《落絮飄香》、《燕市俠伶》等八部社會言情小說，並將其創作成就推向了新的高峰。

臺灣學者葉洪生先生指出：

作者悲憫地將玉嬌龍這種對封建門第觀念視同‘原罪’，並予以無情地揭露、鞭撻，正要世人認清其禍害本質所在。”而其震撼人心的力量，正是借玉嬌龍的悲劇性格和悲劇命運方得以顯示。在揭示人物內心上，作者甚得力於佛洛伊德的心理分析學說，運用較為成功。

張贛生先生曾寫道：

　　度盧先生是一位極富正義感的作家，這在他的社會言情小說中表現的格外鮮明。《風塵四傑》《香山俠女》中天橋藝人的血淚生活，《落絮飄香》《靈魂之鎖》中純真少女的落入陷阱，都是對黑暗社會的控訴，很能引起讀者的共鳴。度盧先生自幼生活在北京，熟知當地風土民情，常常在小說中對古都風光作動情的描寫，使他的作品更別具一種情趣。
度盧先生是經受過"五四"新文化運動洗禮的人，他內心深處所尊崇的實際上是新文藝小說，因而他本人或許更重視較貼近新文藝風格的言情小說和社會小說創作。但從中國文學史的全域來看，他的武俠言情小說大大超越了前人所達到的水準，而且對後起的港臺武俠小說有及深遠影響的，是他創造了武俠言情小說的完善形態，在這方面，他是開山立派的一代宗師。

七、留芳身後

　　父親是一個窮苦人家的孩子，從十幾歲起就開始寫作，從北京的皇城根一直寫到青島海濱，竟寫了上千萬字。我們不清楚他到底寫了多少，因為至今仍不時有新的作品發現，每每想到體弱多病的父親連續數年同時寫着幾部小說，想到他當時經歷的苦難、內心的苦悶，不禁淚目。

　　父親生前擱筆從教 27 年，寡言少語，絕口不提以前寫書的事。當別人問起時，他也只是敷衍作答。在長期左的思潮的影響下，我也誤以為父親過去寫的東西肯定不好，也從來沒想去問問父親。只是在改革開放以後，社會上開始"引進"，重新認識和接受我的父親早年的作品，學者、專家們開始研究和評價其文學價值和社會意義，這才使我們開始重新"發現"父親，了解父親，現在真是追悔莫及。

　　父親到底是如何看待他的作品的？我想父親或許對他的作品有不滿之處，因為那些畢竟是為了養家糊口，不打稿，不修改，一氣呵成，與有的武俠作家反復修改、精雕細琢、屢出新版的作品相比，難免時有粗糙。但細讀父親的作品，不但發現其才華橫溢、妙語連珠，更感受到充滿的激情、正義感、同情與憐憫及嫉惡如仇，是父親傾注全部心血甚至生命寫出的。所以，父親的內心，對他的作品應該又是喜愛的，珍惜的。

父親雖然已經去世幾十年了，但他的作品仍未被遺忘，他寫的故事被一版再版，被拍成了電影，被譯成了多國文字，還被收入了中學語文讀本。

根據《臥虎藏龍》拍攝的同名電影對世界的震動遠遠大於其對中國大陸和華人社會的影響，這是一個很獨特的現象。這固然同李安先生的導演有關，但也說明了父親幾十年前的作品所表達的理念得到了西方現代文明的理解和認同。這一現象引起了海外許多學者的研究，及至於對中國的傳統文化和價值觀的興趣和重新認識。

英國曼徹斯特大學 Hubertus M. G. van Malssen 在他以《"俠"的重新定義：王度廬的鶴-鐵系列中的現實與虛構，1938-1944》（Redefining xia: Reality and Fictionin, Wang Dulu's Crane-Iron Series, 1938-1944）為題的博士論文（2013）中指出：過去國外對"俠"(xia)的定義通常是同暴力和武藝(wu)相關。通過對民

國史、王度廬生平及他的小說的分析，認識到"俠"的含義是正面的，是一種包括善良，利他，忠誠、正義等特點的美德，這種美德與武藝的強弱無關。而"義"(yi)即公正、正義，則是俠的一個道德方面的表現。把"俠"理解為歐洲中世紀騎士 (knight) 也是不恰當的。騎士只是男性，屬於特殊的社會階層，騎着馬，手執利劍和長矛到處遊逛，證實自己的勇氣，最後以贏得一個女人的芳心和美好的結局告終。而"俠"，既有男性也有女性，而且男女是平等的。俠士的愛情往往歷經波折並以悲劇告終。俠的道德往往高於盜匪、保鏢、捕頭、軍隊將領和朝廷官員。因此，他認為，對於"俠"，並沒有恰當的英語翻譯，應該引進新的詞彙 'xia'。

T.D. Sang 在《形體，代表性和中國文化所體現的現代性》（Embodied Modernities: Corporeality, Representation, and Chinese Cultures）一書中指出，雖然王度廬在中國文壇被忽視了幾十年，他其實是一個很有抱負的作家，他能在三、四十年代就能將中國的傳統同新思想結合起來。例如，他把中國長期以來就存在的俠女文學與現代的婦女平等、獨立、自

主的思想聯係在一起，從而得到了推崇女權主義和人
道主義現代文明的共鳴。

　　2011 年 9 月 14 日，我們在北京的八達嶺陵園為父
親母親舉行了落葬儀式。墓地坐落於陵園的仙泰園
內，這裏背依青山，松柏常綠，能聽到鳥鳴蟲叫，能
遠眺巍巍長城，放眼望去，莽莽蒼蒼，群山峻拔，林
木蔥籠。父親母親在外漂泊多年，終於魂歸故土，葉

落歸根了，他們將在這裏，在八達嶺的蒼松翠柏之中，被後人長久垂念。想起父親 1930 年所寫的：

月上樹梢，晚風徐起，我也有些困倦了……

願他們安息！

已知王度廬著作目錄 (Bibliography)

	作品名稱	年份	出版社	筆名
1	浮白快	1925	平報	葆祥
2	夫妻殘殺記	1925	平報	霄羽
3	玻璃島	1926	平報	霄羽
4	血衫記	1926	平報	霄羽
5	草澤英雄傳	1926	平報	霄羽
6	半瓶香水	1926	小小日報	王霄羽
7	黃色粉筆	1926	小小日報	王霄羽
8	紅綾枕	1926	小小日報	王霄羽
9	殘陽碎夢	1926	小小日報	王霄羽
10	青衫劍客	1927	小小日報	王霄羽
11	俠義夫妻	1927	小小日報	王霄羽
12	琪花恨	1927	小小日報	王霄羽
13	孀母孤兒	1927	小小日報	王霄羽
14	鳳凰雙俠	1927	平報	葆祥
15	飄泊花	1927	平報	葆祥
16	甘肅響馬記	1927	平報	霄羽
17	紅手腕	1927	平報	霄羽
18	護花鈴	1927	小小日報	霄羽
19	怪皮鞋	1927	平報	王霄羽
20	江湖十六奇俠	1928	平報	王霄羽
21	獅子頭	1928	平報	王霄羽
22	蝶魂花骨	1928	平報	王霄羽
23	疑真疑假	1928	小小日報	葆祥
24	女刺客	1928	平報	王霄羽
25	雙鳳隨鴉錄	1928	小小日報	王霄羽
26	紅旗嶺	1929	平報	王霄羽
27	戰地情仇	1929	平報	王霄羽
28	脂粉英雄	1929	平報	王霄羽
29	塵海遊俠	1930	平報	王霄羽
30	自鳴鐘	1930	平報	王霄羽

31	驚人秘束	1930	平報	王霄羽
32	神獒捉鬼	1930	平報	王霄羽
33	空房怪事	1930	平報	王霄羽
34	繡簾垂	?	平報	王霄羽
35	玉藕愁絲	1930	小小日報	香波館主
36	煙靄紛紛	1930	小小日報	香波館主
37	鼉汉海盜	1930	小小日報	霄羽
38	燕北雙雄	1930	平報	王霄羽
39	深宮奇俠	1930	平報	霄羽
40	胭脂劍	1931	平報	王霄羽
41	舞女啼痕	1931	平報	霄羽
42	北平新鏡	1931	平報	霄羽
43	纏命絲	1931	小小日報	王霄羽
44	觸目驚心	1931	小小日報	王霄羽
45	燕燕鶯鶯	1931	小小日報	香波館主
46	寶劍明珠	1931	平報	王霄羽
47	滄海雙鷹	1932	平報	王霄羽
48	洛水蛟龍	1932	平報	王霄羽
49	湖海龍蛇	1932	平報	霄羽
50	鶯鳳戟	1933	平報	霄羽
51	黃河四俠	1933	平報	霄羽
52	鷂子高三	1933	平報	霄羽
53	紅衣飲劍錄	1934	平報	霄羽
54	黃河遊俠傳	1936	平報	霄羽
55	燕趙悲歌傳	1937	平報	霄羽
56	八俠奪珠記	1937	平報	霄羽
57	河岳遊俠傳	1938	青島新民報	王度廬
58	寶劍金釵記	1938	青島新民報	王度廬
59	落絮飄香	1939	青島新民報	霄羽
60	劍氣珠光錄	1939	青島新民報	王度廬
61	古城新月	1940	青島新民報	霄羽
62	舞鶴鳴鸞記	1940	青島新民報	王度廬
63	風雨雙龍劍	1940	京報（南京）	王度廬

64	臥虎藏龍傳	1941	青島新民報	王度廬
65	海上虹霞	1941	青島新民報	霄羽
66	彩鳳銀蛇傳	1941	京報（南京）	王度廬
67	虞美人	1941	青島新民報	霄羽
68	纖纖劍	1942	京報（南京）	王度廬
69	鐵騎銀瓶傳	1942	青島大新民報	王度廬
70	舞劍飛花錄	1943	京報（南京）	王度廬
71	寒梅曲	1943	青島大新民報	霄羽
72	大漠雙駕譜	1944	京報（南京）	王度廬
73	紫電青霜錄	1944	青島大新民報	王度廬
74	春明小俠	1944	京報（南京）	王度廬
75	瓊樓雙劍記	1945	京報（南京）	王度廬
76	錦繡豪雄傳	1945	民民民	王度廬
77	紫鳳鏢	1946	青島時報	魯雲
78	太平天國情俠傳	1947	民治報	魯雲
79	清末俠客傳	1947	大中報	魯雲
80	晚香玉	1947	青島時報	魯雲
81	雍正與年羹堯	1947	青島時報	魯雲
82	粉墨嬋娟	1948	青島時報	綠燕
83	風塵四傑	1948	島聲旬刊	佩俠
84	寶刀飛	1948	青島時報	魯雲
85	燕市俠伶	1948	青島時報	綠燕
86	金剛玉寶劍	1948	青島公報　聯青晚報	王度廬
87	龍虎鐵連環	1948	軍民晚報	王度廬
88	玉佩金刀記	1949	民治報	王度廬
89	香山俠女	1949	上海勵力出版社	王度廬
90	春秋戟	1949	上海勵力出版社	王度廬

Collections for Dulu Wang's Wuxia novels!

Collect Them All*
Dulu Wang, Author of
"Crouching Tiger, Hidden Dragon"

王度廬武俠小說選集大全
《臥虎藏龍》作者